푸른사상
산문선

19

우리는 영원하고 사랑도 그렇다

김현경 외 산문집

푸른사상
PRUNSASANG

우리는 영원하고 사랑도 그렇다

1판 1쇄 · 2017년 10월 30일
1판 2쇄 · 2018년 1월 10일

지은이 · 김현경 외
펴낸이 · 한봉숙
펴낸곳 · 푸른사상사

주간 · 맹문재 | 편집 · 지순이 | 교정 · 김수란 | 마케팅 · 이영섭
등록 · 1999년 7월 8일 제2-2876호
주소 · 경기도 파주시 회동길 337-16 푸른사상사
대표전화 · 031) 955-9111~2 | 팩시밀리 · 031) 955-9114
이메일 · prun21c@hanmail.net   홈페이지 · http://www.prun21c.com

ⓒ 2017, 김현경

ISBN 979-11-308-1220-5   03810

값 15,500원

이 도서의 국립중앙도서관 출판예정도서목록(CIP)은 서지정보유통지원시스템
홈페이지(http://seoji.nl.go.kr)와 국가자료공동목록시스템(http://www.nl.go.kr/kolisnet)
에서 이용하실 수 있습니다. (CIP제어번호 : CIP2017026758)

우리는 영원하고 사랑도 그렇다

우리는 영원하고 사랑도 그렇다

1.

이 산문집의 필자들은 김현경 여사님과 인연이 깊다고 볼 수 있습니다. 각자의 관계는 조금씩 다르겠지만 모두들 여사님의 사랑을 받고 있습니다.

자리를 함께할 때마다 여사님은 지난 이야기들을 들려주시는데, 장소며 상황이며 관계된 사람들을 눈에 선하게 보여줍니다. 어떻게 칠십여 년 전의 일들을 어제의 일처럼 떠올리는지, 그 기억력에 놀라지 않을 수 없습니다.

뿐만 아니라 여사님의 음식 솜씨에도 감탄하지 않을 수 없습니다. 어떤 음식이든지 여사님의 손을 거치면 예술이 되는 맛과 멋을 냅니다.

여사님의 필체 또한 고아하고 품위가 있습니다. 이화여대 시절 정지용 시인의 수업 시간에 판서를 책임졌고, 김수영 시인의 많은 작품들을 정서했다고 합니다.

여사님은 그림에도 아주 조예가 깊고, 한때 양장점을 할 정도로 바느질 솜씨도 뛰어나고, 화분도 잘 키우고, 미국에 있는 손녀를 보고 올 정도로 건강하고, 인정이 많고, 생활력이 강하고, 열심히 공부하고, 아흔이 넘었는데도 피부가 곱고……. 이러하니 우리가 좋아하지 않을 수 없는 것입니다.

2.

어느 날 모임에서 여사님과 함께 산문집을 내면 좋겠다는 의견들이 오고갔습니다. 산문집의 주제는 '사랑'으로 하자는 의견에도 쉽게 동의했습니다. 여사님이나 김수영 시인에 대해서가 아니라 각자의 사랑 이야기를 쓰기로 했습니다. 서로에게 부담되지 않으면서도 소중한 이야기를 즐겁게 해보기로 한 것입니다. 그 결과 다양한 사랑의 이야기들이 이 산문집에서 실려 있습니다.

이 산문집의 제목은 김수영 시인의 「거대한 뿌리」에서 가져왔습니다. "전통은 아무리 더러운 전통이라도 좋다"라거나 "역사는 아무리/ 더러운 역사라도 좋다"라거나 "진창은 아무리 더러운 진창이라도 좋다"라는 구절은 이 산문집이 지향하는 것과 같다고 생각합니다. 우리들 역시 진창과 전통과 역사를 고스란히 안고 "놋주발보다도 더 쨍쨍 울리는 추억이/있는 한 인간은 영원하고 사랑도 그렇다"라고 노래합니다.

3.

아시는 분들도 있겠지만 김현경 여사님은 김수영 시인의 부인입니

우리는 영원하고 사랑도 그렇다

다. 여사님의 파란만장한 삶은 책 열 권으로도 담을 수 없습니다. 여사님은 김수영 시인을 남편의 자리를 넘어 존경하고 있습니다. 그와 같은 사랑의 이야기를 여러 차례 들려주셨고, 이 산문집에서도 보여주고 있습니다.

부디 건강하셔서 김수영 시인이며 당대의 문인들이며 문화 전반에 관한 이야기를 많이 들려주시길 희망합니다.

4.

이 산문집에 함께해주신 강민 · 김철 · 김중위 선생님을 비롯한 여러 선후배님들께 감사의 인사를 올립니다.

김수영 시인은 「거대한 뿌리」에서 "버드 비숍 여사를 안 뒤부터는 썩어빠진 대한민국이/괴롭지 않다 오히려 황송하다"라고 노래했습니다. 우리들 역시 김현경 여사님을 안 뒤부터 이와 같은 노래를 부르고 있습니다.

우리들의 추억이 있는 한
우리는 영원하고 사랑도 그러합니다.

2017년 8월
맹문재

차례

제3부

차례

제4부

제1부

우리는

.
.
.
.
.
.
.
.
.
.
.
.
.
.

준비된 책상, 반듯하게 놓인 원고지, 그는 언제라도 시상이 떠오를 때 곧바로 앉아서 글을 쓸 수 있도록 책상이 정리된 것을 좋아했다.

중천에는 달빛이 비단실 같은 금빛 은빛으로
우리를 비춰주고, 아무도 없는 빈 거리를 우리
식구들이 그림자를 끌며 밟으며 걷던 그 시간들이
왜 환상이 아니랴!

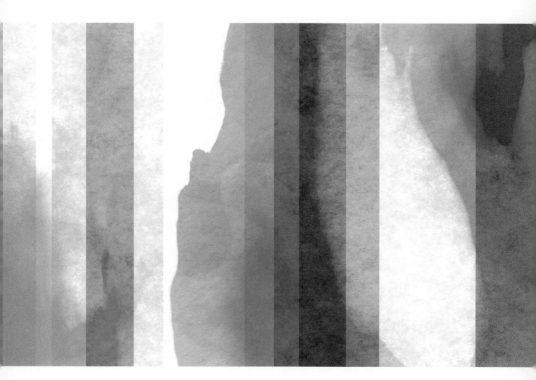

김현경

내가 가장 행복했던 순간들

김현경

1927년 서울 종로구 사직동에서 태어나 경성여자보통학교(현 덕수초등학교)와 진명여

고를 거쳐 이화여자대학교 영어영문학과에서 수학했다. 김수영 시인과 결혼해 두 아

들을 두었다. 에세이집 『김수영의 연인』이 있다.

내가 가장 행복했던 순간들

　지난밤에도 남편은 주사가 심했다. 밖에서 어떤 일로 심사가 흐린 날이면, 그는 폭음을 했고 그 대가는 여편네인 내 몫이었다. 재떨이가 날아가고 책이 날아가고 옆에 보이는 가재도구가 날아가기가 일쑤다. 한 편의 시가 난산을 거듭할 때는 집 안은 온통 계엄령 선포 상태다.

　나도 아이들도 함구한 채 눈치를 살피며 전전긍긍 견뎌야 하는 시간이었다. 그는 우리에게 늘 제왕이었고, 나와 아이들은 그의 신하였다. 시상이 잘 풀리지 않을 때 더욱 짜증이 심했다.

　손에 집히는 대로 내던지기 일쑤여서, 나는 그의 주변에 놓여야 할 집기들을 깨지지 않는 것으로 대체하는 일에 골몰해야 했다. 그의 시들은 이렇게 난산으로 태어나곤 했다.

　한 편의 시가 완성되면 "난산이다" 하며 나를 부른다. 평지(平紙)에

쓴 초고를 원고지에 정서하기 위해서였다. 부엌에서 저녁밥을 챙기다 말고 그가 부르면 즉시 앞치마에 손을 닦으며 그의 서재로 달려간다. 조금이라도 늦거나 이의를 달면 큰 소동이 일어난다.

그의 불같은 성정을 잘 감지하는 나로서는 그때의 내 상황이 어떠했든 간에 그의 부름이 우선순위다. 가령 연탄불 위에 밥이 끓고 있거나 찌개가 끓고 있거나, 그걸 문제 삼으면 더 큰 소동이 일어난다. 잠시도 머뭇거림이 있으면 야단이 난다.

늘 준비된 책상, 반듯하게 놓인 원고지, 그는 언제라도 시상이 떠오를 때 곧바로 앉아서 글을 쓸 수 있도록 책상이 정리된 것을 좋아했다. 잉크빛도 정확히 그가 애용하는 빛깔이 있다.

일제 빠이롯트 짙은 곤색이 그가 애용하는 잉크 빛깔이다. 원고지도 붉은색이면 촌스럽다고 폐기해버린다. 김수영의 시에 대한 경의는 확고하고 투철해서, 내가 이런 고통을 달게 감내하면서까지 받들어 모셔야 할 정도로 정중하고 까다로웠다. 나는 그의 그런 문학에 대한 열정과 경건함이 좋았고 존경스러웠다. 아마도 내가 문학도가 아니었다면, 받아들이기 힘든 상황이었으리라 생각한다.

문구가 넉넉지 못했던 그 시절, 초고는 무조건 평지(平紙)에 썼다. 원고지도 뒤집어 쓸 만치 아끼기도 했다. 1956년부터 영국의 진보적 문예지인 『엔카운터(Encaunter)』지와 『파르티잔 리뷰(Partisan review)』를 구독했는데, 그 책들을 쌌던 포장지에 초고를 쓰고는 했다. 나는 그의 그런 검소함에 물들어 지금도 종이 한 장을 함부로 버리지 못하는 습관이 있다.

컴퓨터가 없던 그 시절은 원고를 일일이 정서해서 보관해야 했다. 보관본 원고를 잘 간수했다가 청탁이 오면, 다시 한 벌을 정서해서 보내는 것이다. 지금 사람들은 상상할 수도 없는 그야말로 아날로그 방식인 것이다. 시가 완성되면 그는 정서를 하기 위해 나를 부른다.

작품을 처음부터 그는 부르고 나는 받아 적는다. 점 하나도 띄어쓰기 하나도 틀리면 안 된다. 조금이라도 맘에 들지 않거나 잘못된 듯싶으면 거의 마무리 단계여도 가차 없이 처음부터 다시 쓰기를 지시한다. 이때도 조금의 이의를 달면 불호령이 떨어진다. 무조건 처음부터 다시 써야 한다. 노동 중의 중노동인 것이다.

이렇게 두 벌을 정서하여 한 벌은 보관하고, 한 벌은 신문사나 잡지사 등 원고 청탁사에 보내는 것이다. 이렇게 다시쓰기를 거듭하다 밤 10시가 넘어서 저녁밥을 먹은 일도 여러 번이다.

아이들은 배고프고 졸려서 꾸벅거려도 개의치 않고 작업에 몰입한다. 그러고는 미안한지 가끔 "내가 시(詩)를 혼자 쓰는 게 아니다"라며 나를 다독거리기도 했다. 나의 수고가 자기의 시에 반영됐다는 김수영식 위로의 말인 것이다. 즉 자기 시에 반영되어 있는 내 수고에 자부심을 가지라는 투였다. 그토록 그는 자기 작품에 대한 애착이나 경외심을 갖고 있었다. 나는 그의 그런 투철하고 확고하고 외경스런 문학관을 지금도 자랑스럽게 생각하고, 그런 면에서 그를 존경하고 사랑한다. 문인들이 이런 확고한 자신감을 가지고 작업에 임할 때 좋은 작품이 생산된다는 사실을 나는 확신한다.

지금 남아 있는 그의 육필 원고들이나 민음사에서 발행한 그의 육 필 시고 전집에 그의 글씨보다는 내 글씨가 더 많이 보이는 것도, 다 이런 이유 때문이다. 나는 그의 파쇼적인 언행에 화가 나다가도 이런 말에 위로를 받곤 했다.

그는 나를 조종하는 마력을 갖고 있는 유일한 사람이기도 했다.

지금 생각하면 그런 시절들이 그리움이 되기도 하지만, 그의 문학 에서 위안을 받기보다는 나는 그의 지적 사상과 인간적인 품성에 더 매력을 느끼는 편이었다. 그는 자기를 연마하는 일을 게을리하지 않 았다. 영어와 일어에 능통했던 그가 문학서는 물론 하이데거 전집이 나 기타 사상서나 철학서들을 늘 자기 곁에 두고 읽고 참고한다든가, 자기를 쏙 빼닮은 작은 놈 '우'를 좋아해서 같이 놀아준다든지 나의 시장 보기에 기꺼이 동참해준다든지 아빠로서의 역할에 충실할 때, 나는 더욱 여인으로서의 행복을 맛보는 듯했다.

지금 돌이켜 생각해보면, 그때 그의 치밀하고 혼신의 힘으로 밀어 붙여 생산된 작품들이 세상에서 사랑받고 세월을 두고 널리 회자되고 있음이 새삼 자랑스럽고, 시대의 아픔과 대항하던 그의 정서와 창작 상들이 눈물겹게 생각되기도 한다.

그 시절 우리는 가난했다. 전쟁이 끝나고 서울에 정착했지만 생활이 넉넉지 못했다. 전쟁의 피해를 우리만치 몸으로 겪은 시민들도 드물 것이다. 우리는 일요일이면 어김없이 버릇처럼 도봉동의 어머님 댁엘 갔다. 그곳에는 둘째 시동생 내외, 후에 『현대문학』 편집장을 하던 김수명을 비롯한 세 명의 시누이들이 모였다.

어머님은 생김새도 준수하셨지만 마음 씀씀이도 크신 분이었다. 김수영 가의 가세가 기울기 전 내게는 시할아버지셨던 수영의 할아버지께서는 잘생긴 자기 며느리에게 비단옷을 입히고, 온갖 금은보화로 단장을 시키고는 가마에 태워 나들이하는 것을 즐기셨다고 한다. "내 며느리야!" 하시며 자랑하고 싶으실 만치 어머님은 외모가 출중하셨다. 김수영의 큰 키도 큰 눈도 흰 피부도 준수하신 어머님의 영향이었으리라 짐작이 간다.

도봉산 기슭에는 고조부님의 선영이 있었고, 만석이라는 묘지기가 그곳에 마련된 초가삼간에 살며 텃밭을 가꾸고 있었다. 그는 너무나 게을러서 농사일을 제대로 일궈내지 못하는 편이었다. 시어머님은 자식들이 굶주렸을 성싶어 우리가 가는 날이면, 언제나 푸짐하게 음식을 장만하셔서 우리들을 먹이기를 좋아하셨다. 가족 모두 둥근 두레상에 둘러앉아 식사를 하며, 사는 얘기며 살아온 얘기 세상 돌아가는 얘기꽃을 피우며 아이들의 재롱에 소리 내어 웃기도 했다.

아이들도 이곳 할머니 댁을 좋아하는 듯 마음껏 장난치며 뛰어놀고 삼촌이나 고모들과 어울리기를 좋아했다. 수영이 집안의 장남이기도 했지만 그의 위치가 너무나 확고해서 고모나 삼촌들도 우리 아이들을 퍽이나 사랑하고 귀여워하는 편이었다. 가족들이 다 모인 자리에서도 그는 제왕이었다.

저녁식사를 든든하게 마친 후 자리를 털고 일어나 집으로 돌아온다. 구수동 집으로 돌아오는 길은 버스를 두 번 갈아타고 걸어야 했다. 두 살배기 작은 아들 우는 아빠 등에서 새근거리며 잠이 들어 있고, 나는 한손에 큰놈 손을 잡고 한손에는 어머님이 눈치껏 싸주신 먹거리를 손에 들고 걷는다. 집에 돌아오는 시간은 언제나 땅거미가 지기 시작하는 저녁 무렵이었다. 가로등이 별로 없던 그 시절은 달빛이 더욱 밝고 환했다.

중천에 높이 뜬 둥근 보름달 빛이 만든 그림자가 우리를 앞세웠다 뒤세웠다 하며 따라온다. 밤하늘의 별은 빛나고 달빛마저 금실 은실을 천지에 풀어놓은 듯, 우리 네 식구의 그림자를 만드는 고요로운 밤, 그 평화롭고 한가로운 시간, 남편의 등에 업힌 작은아들은 세상 모르게 잠이 들고, 그런 아이가 잘못 깰까 조심조심 걷는 남편의 옆에서 큰놈은 종알종알 잘도 걷는다. 멀리 한강의 뒤척이는 강물 소리가 환상처럼 우리 가슴속으로 젖어들고, 푸른 달빛이 우리 식구들의 크고 작은 푸른 그림자를 만들어내는 그 평화로운 밤. 내게는 그런 시간이 가장 행복했다.

중천에는 달빛이 비단실 같은 금빛 은빛으로 우리를 비춰주고, 아무도 없는 빈 거리를 우리 식구들이 그림자를 끌며 걷던 그 시간들이 왜 환상이 아니랴!

우리는 영원하고 사랑도 그렇다

아이를 업고 행복에 겨워 어쩔 줄 몰라 하는 수영의 천진한 모습!

힘들여 쓴 말쑥한 시 원고, 그 산고를 끝낸 창조의 기쁨을 온몸으로 나타내는 수영의 모습도 좋고 사랑스러웠지만, 자신이 가장 사랑하는 작은 아들 우를 업고 달빛 속을 걸어가는 김 시인의 모습은 그냥 그 자체가 행복 덩어리이고 사랑 덩어리였다.

그 평화롭고 안온하고 온전한 행복!

내가 살아오면서 가장 행복하다고 느꼈던 시간이 바로 그런 순간들이었다.

수영이 소천한 지 어언 50년! 많은 세월이 흘렀지만, 그와 쌓은 수많은 추억 중에 함께 집으로 돌아오던 그 모습이 지금도 가끔 그려보는, 잊혀지지 않는 빛깔의 추억이고 그리움이다.

제2부

우리는 영원하고

．
．
．
．
．
．
．
．
．
．
．
．
．
．
．
．

그는 다만 인간적인 시를 썼을 뿐이다. 그는 자기 자신을 포함한 이 세상을 구원하고 싶어 했던 시인이다.

이 찻집, 이 테이블에 우리는 몇 번이나 왔으며,
우리는 여기서 무슨 이야기를 나누었을까. 생각나지
않는다. 그저 열에 떠 붉은 그이의 눈동자와
끝까지 아무 말도 못 하고 떠난 그이의 한(恨)이
아침 창가에 와서 박새의 부리를 빌려
창문을 두드리는지도 모른다.

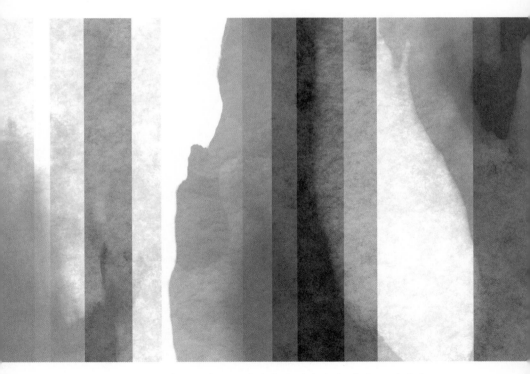

강민

강 민

1933년 서울에서 태어나 공군사관학교와 동국대학교 국어국문학과에서 수학했다. 1962년 『자유문학』으로 작품 활동을 시작했고, 1963년 시 동인지 『현실』에 참여했다. 시집 『물은 하나 되어 흐르네』 『기다림에도 색깔이 있나 보다』 『미로에서』 『외포리의 갈매기』, 이행자 시인과 함께한 시화집 『꽃, 파도, 세월』 등이 있다. 한국잡지기자협회 회장, 동국문학인회 회장, 한국작가회의 자문위원 등을 역임했다.

창문을 두드리는 새

그 찻집은 여전히 고즈넉한 호숫가 산비탈에 매달리듯 그림 같은 목조의 소박한 모습으로 나를 맞아주었다. 여름이라지만 새벽 공기가 아직 차다. 찬 새벽 공기를 타고 이름 모를 새들의 지저귐이 들린다. 찻집에는 아무도 없다. 밖에 내놓은 테이블에도 앉아 있는 이는 없다.

나는 거기 가 앉는다. 그리고 언제나처럼 문고판 시집을 꺼낸다. 내가 근래 애독하는 일본 시인 다카무라 고타로(高村光太郎)의 『지에코초(智惠子抄)』라는 시집이다. 그이가 떠난 다음 생긴 묘한 버릇이다. 벌써 몇 번이나 읽은, 눈에 익은 작품을 찾아 다시 읽는다.

저명한 조각가이며 시인인 다카무라는 재기발랄한 재원(才媛) 나가누마 지에코를 만나 지극한 사랑 끝에 결혼한다. 그런데 얼마 후, 지에코는 정신분열증에 걸려 현실과 몽환의 세계를 헤맨다. 시인은 그녀를 데리고 바닷가로 가 그들만의 사랑의 둥우리를 만들고 거기 살다가 지에코의 임종을 맞는다.

> 아무도 없는 규쥬규리(九十九里)의 모래밭
> 모래에 앉아 지에코는 논다
> 무수한 친구가 지에코를 부른다
> 찌이, 찌이, 찌이, 찌이, 찌이—
> 모래에 조그만 발자국을 남기고
> 물떼새가 지에코에게 다가온다
> (중략)
> 인간 장사 깨끗이 그만두고
> 이제는 천연(天然)의 저쪽으로 가버린 지에코의
> 뒷모습이 점처럼 보인다
> 좀 떨어진 방풍림의 석양 속에서
> 송화가루를 맞으며 나는 언제까지나 서 있다
>
> —「물떼새와 노는 지에코」중에서

불현듯 눈시울이 붉어진다.

병상에서의 마지막 3개월여를 함께 괴로워하며 지샌 나날이 스크린처럼 때마침 피어오르는 새벽안개에 비친다.

지에코처럼 물떼새와 놀지도 못하고 핏기를 잃어 하얀 얼굴로 호소하듯 쳐다보며 수술실로 들어가던 그녀 소국당……

28 우리는 영원하고 사랑도 그렇다

새는 당신처럼 새벽에 일어나 창문을 두드린다
머리맡의 글록시니아는 당신처럼 잠자코 핀다
(중략)
오늘이 무엇인가를 당신은 속삭인다
권위자인 듯 당신은 우뚝 선다

나는 당신의 아이가 되고
당신은 나의 젊디젊은 어머니가 된다
(중략)
나는 당신의 사랑에 값할 수 없으리라 생각하지만
당신의 사랑은 일체를 무시하고 나를 감싼다
— 「떠나간 사람에게」 중에서

　이 찻집, 이 테이블에 우리는 몇 번이나 왔으며, 우리는 여기서 무슨 이야기를 나누었을까. 생각나지 않는다. 그저 열에 떠 붉은 그이의 눈동자와 끝까지 아무 말도 못 하고 떠난 그이의 한(恨)이 아침 창가에 와서 박새의 부리를 빌려 창문을 두드리는지도 모른다.

(전략)
그이 영정 앞에서
가련한 무명화가 예쁘다
영정 속의 젊은 그이가 웃고 있다
영정 밖에서 백발의 내가 웃고 운다
— 강민, 「동오리 34 —무명화」 중에서

강민　창문을 두드리는 새

노을녘, 그 커피의 추억

구반포, 그 낯선 찻집은 좁고 어두컴컴했다.

만나기로 한 그는 좀처럼 오지 않았다. 왈칵 오기가 솟구치며 자리를 박차고 나갈까 하면서도 나는 끈질기게 기다리고 있었다.

그와 나는 약간의 의견 차이로 다투기 시작하다가 끝내 판을 깨며 헤어져 꽤 오래 만나지 않고 있었다. 만나면 더없이 반갑고, 헤어지면 그리움으로 가슴이 아리면서도 우리는 곧잘 다투는 사이였다. 그와 나의 시국관에 차이가 있는 것이다.

약간은 급진적인 사고를 지닌 나와 보수적인 가정에서 부유하게 자란 그는 얼핏 생각해도 친구가 될 수 없었다. 그런데 기묘하게도 그와 나는 만나는 날부터 서로를 좋아하며, 며칠이 멀다고 만나서는 차를 마시며, 혹은 술자리에서 하염없이 떠들다가는 또 다투곤 했다.

우리는 영원하고 사랑도 그렇다

그와의 만남은 내가 근무하고 있던 출판사 관계의 일 때문이었다. 주로 세계명작 따위 번역물을 많이 할 때였는데, 문단 선배의 소개로 알게 된 그는 일을 맡기면 늘 기일을 엄수하고, 문장도 매끄럽게, 내가 아는 한 거의 오역도 없었다. 물론 원고료는 내 특청에 의해 회사 측에서도 거의 즉시 지불했으나, 어쩌다 좀 늦어도 그는 한 번도 독촉하는 일이 없었다. 그는 언제나 미소를 띠고 대하는 사람을 편하게 해주었다.

　처음에 멋도 모르고 다른 필자 대하듯 으레 찻값, 식사비 등을 내가 지불했더니 그는 한참 후,

　"여보, 강 국장, 당신이 얼마나 부자인지 모르지만 그러는 게 아니오."

하면서 정색을 하며 화를 내었다. 그리고 그 후, 그는 주로 자기가 그 일을 담당했다. 나중에 그를 소개한 선배로부터 그가 부유한 집안에서 자라고, 지금도 용돈 따위는 얼마든지 개의치 않는다는 말을 들었다. 그러면서도 그는 그런 티를 조금도 내지 않고 대범하게 나를 편하게 대해주었다. 그는 그렇게 넉넉한 사람이었다.

　어쩌면 나와는 매우 이질적인 사람이었지만, 나는 차츰 그의 그 넉넉한 인품에 빠져들어갔다. 그도 역시 그런 눈치였다. 이윽고 우리는 일을 떠나 며칠 못 만나면 서로 그리워지는 사이가 되었다.

　술을 좋아하는 나와는 달리 그는 술을 그다지 즐기지 않았다. 그래서 그를 만나면 늘 차와 술을 함께 할 수 있는 카페로 가서 시간을 보

냈다.

독재의 서슬이 퍼렇던 그 무렵은 출판도 자유롭지 못했다. 미술전집에 피카소가 들어갔다고 해서 '빨갱이'를 전집에 끼워 넣었다고 압력을 가하고, 어느 필자는 안 되고, 어느 필자의 어느 작품은 안 된다고 해서 시달리기도 했다.

언젠가 민주화를 요구하는 문인들 서명 사건이 있었을 때는 마침 남산 밑에 있던 내 사무실에 툭하면 윗집에서 혼이 난 문우들이 정신 나간 사람처럼 찾아와 나는 그들과 다방에 가 커피를 마시며 그들을 진정시켜 보내기도 했다.

그럴 때 어쩌다 번역물을 가지고 온 그가 동석할 때가 있었다. 그러면 그는 멀찍이 떨어져 앉아 담배를 피우며 모른 체했다.

1970년대의 어느 무렵, 혹독한 겨울공화국에 쫓기는 친구들과의 모임, 그리고 몇몇 친구들의 잠행을 돕기 위해 꽤 여러 날을 그와 만나지 못했다. 그러다 화가 난 그의 전화를 받고 늘 그와 만나던 카페에서 우리는 만났다. 섭섭함을 토로하는 그에게 나는 그간의 내 사정을 얘기했으나, 그는 납득하지 않았다. 아니, 납득할 수 없었을 것이다. 그는 왜 그렇게 위험한 사람들과 만나느냐며 내 걱정을 하는 것이다. 그는 커피를 석 잔이나 갈아 마시고, 나는 커피를 마시다 견디지 못하고 진토닉을 시켜 거의 한 병을 비웠다.

그리고 그는 먼저 자리를 박차고 일어나 나가며,

"우리 이제 그만 만나자."

　　　　　　　　　　　우리는 영원하고 사랑도 그렇다

그 후, 몇 달을 그는 소식이 없었다. 이게 끝인가. 우리의 우정이 이렇게 끝날 정도로 허망한 것이었던가? 고민하다 나는 먼저 그에게 전화를 했다. 어떻든 만나서 한번 얘기를 나누자고—.

그래서 겨우 약속한 찻집에서 나는 기다리고 있는 것이다. 퉁명스러웠던 그의 전화 속 목소리를 떠올리고 쓴웃음을 삼키며 나는 무심히 카페 휴지에 낙서를 하고 있었다.

> 그대 가리라 한다
> 하늘 끝 여무는 그리움
> 나 모른다 하고
> 그대 가리라 한다
>
> 봄, 여름, 가을, 겨울
> 사철의 가파른 고개
> 여울져 소리치는 강물
> 그 너머엔
> 멈추어 한몸 될 곳 있는가
> 그대 어디 가시려는가
> 오늘도 가리라 한다
> 가리라 한다
>
> —강민, 「노을녘」 전문

한 시간가량을 늦게 온 그를 보고, 나는 빙그레 웃으며 이 낙서를 내밀었다.

"이게 뭐야?"

"읽어봐."

그와 나는 다시 커피 한 잔씩을 시켜놓고 마시며, 그는 그것을 읽었다. 다 읽고 난 그는 피식 웃으며,

"넌 어쩔 수 없는 놈이구나."

나도 모르게 쓴 낙서를 앞에 두고 우리는 그저 웃고 말았다.

그와 나는 그 후, 여전히 친하게 지내며 이따금 커피잔을 앞에 놓고 다투고 있다.

우리는 영원하고 사랑도 그렇다

나의 인사동 이야기

정말 많은 사람들의 얼굴이 그리움에 묻혀 떠오른다.

한국기원, 유전다방을 중심으로 한 우리들의 60년대 후반 관철동 시대가 지나, 하나둘씩 자연스럽게 발길이 인사동으로 옮겨졌다. 우리가 존경해 마지않는 거리의 철학자 민병산 선생이 그렇게 하셨기 때문이다. 여기서 우리란 신경림, 민영, 황명걸, 구중서, 강민 등을 말한다. 물론 그 주변에는 신동문, 박재삼, 이시철, 천상병, 김심온, 강홍규, 방영웅, 박이엽 등의 선배, 동료, 후배들이 있었다.

인사동 하면 생각나는 세 사람이 있다. 민병산, 천상병, 박이엽. 그리움이 절로 솟구친다.

민병산 선생은 그분 특유의 허름한 옷차림에 허름한 가방을 메고 황혼녘의 우리들 앞에 잘 나타나셨다.

"선생님, 안녕하십니까?"

그러면 그저 빙그레 웃을 뿐 별 말씀이 없으시다. 그리고 주섬주섬 그 허름한 가방 속에서 셀로판지에 싼 붓글씨를 꺼내 주신다. 그분만이 쓸 수 있는 천의무봉의 청구자(靑丘子) 민병산체의 자유분방한 서예 작품이다. 그리하여 우리는 누구나 그 작품을 몇 개씩 갖게 되고, 어느덧 웬만한 찻집, 음식점에도 그 서예 작품이 내걸리게 되었다. 어쩌다 원고료가 생기면 자연스레 몰려든 후배며 학생들을 상대로 술좌석을 마련하시고 사람 살아가는 얘기며 사회 정의, 동서양의 교양, 철학에 대해 강론을 해주셨다.

그러던 어느 날, 바쁜 직장 일 때문에 한동안 인사동 출입을 못 하고 있는데, 민영 시인에게서 연락이 왔다. 곧 민 선생의 회갑이 돌아오는데 우리끼리 약간의 모금을 해서 회갑연을 마련해보자는 것이었다. 무조건 동참하기로 하고 일은 진행되었다. 평생 남에게 줄 줄만 알고 철저한 무소유로 일관하고 결혼도 하지 않으신 그분의 외로움을 조금은 위로해드리자는 취지였다. 내일이면 '누님손국수집'에서 회갑연이 열리게 된 전날, 우리는 찻집에서 민병산 선생을 중심으로 모여 환담을 나누었다. 거기서도 민 선생은 듣기만 할 뿐 별 말씀이 없으셨다. 그저 왜 쓸데없는 짓들을 하느냐는 듯 쓴웃음만 짓고 계셨다. 이튿날 잔치에 입을 한복을 그날 찾아드렸다고 한다. 우리는 그렇게 헤어졌다.

다음 날 당일, 직장에서 근무하고 있는 내게 전화가 왔다. 민병산 선생이 돌아가셨다는 것이다. 그야말로 믿을 수 없는 부음이었다. 그리하여 우리는 회갑연이 아닌 그분의 장례식을 치렀다. 그 한복을 수의(壽衣)로 쓰고…… 어쩌면 당신 입장에서 보면 번거로운 그 행사를 피하려고 서둘러 이승을 떠나셨는지도 모른다.

천상병 시인의 환갑잔치도 '누님손국수집'에서 있었다. 좀 늦게 간 내가 들어서자 이미 많은 하객들이 와 있었다. 주인공인 천상병 시인을 중심으로 좌우에 부인 목순옥 여사와 신동문 시인이 앉아 있고, 낯익은 얼굴들이 줄지어 앉아 있는데, 내가 들어서자,

"아, 민이 왔구나. 민아, 민아, 민아, 어서 와, 어서 와."

쭈그러진 얼굴에 한껏 웃음을 띠고 그 특유의 외마디 소리로 나를 맞아주었다.

그를 흔히 '기인(奇人)' 운운한다. 분명히 그런 면도 있지만, 그는 천재다. 50년대 초, 그는 이미 주간 『문학예술』에 평론을 쓰고 얼마 후 『문예』지에 시를 썼다. 앞으로는 매스컴도 그의 천재성을 더 부각시켜주었으면 좋겠다.

그도 이제는 그의 시처럼 귀천(歸天)하고 우리 곁에 없다.

50~60년대의 명동에서 김관식, 이현우, 백시걸 시인 등, 그야말로 모두 기인이라면 기인인 천재들과 어울려 우리들 속물들을 비웃던(?) 그가 새삼스럽게 그리워진다.

"민아, 너 요즘 뭐 하고 지내? 번역 일 좀 안 할래?"

직장을 떠난 지 오래되어 어려워진 내게 박이엽으로부터 전화가 왔다. 얼마나 고마운 일인가. 허나, 일의 내용이 나와 무관한 미술평론이고 내 힘에 부치는 것 같았다. 내가 분명한 답변을 피하자 며칠 후 다시 연락하겠다고 그는 전화를 끊었다. 그러더니 얼마 후 파주로 이사했다고 전화를 해왔다. 전화번호와 주소를 가르쳐주고 무슨 일이 있으면 연락하란다. 그리고 우리는 이따금 인사동 그의 단골 찻집에서 만났다. 그는 늘 조용하고 말수가 적었다. 언제나 영국 신사풍의 멋쟁이, 늘 남을 배려하는 인정 넘치는 사나이, 그런데 그는 늘 병약하고 술을 입에 대지 않았다. 채현국, 황명걸, 김하중, 김승환 등과 친한 그는 그래서 늘 외로워 보이고, 어쩐지 그늘 같은 분위기를 지니고 있었다. 그가 군사정권 시절 방송작가협회의 일을 보다가 그들의 요구를 들어주지 않아 그 자리에서 쫓겨나고, 그 후 제도권 방송사에서 일을 주지 않아 겨우 기독교방송국 일만으로 연명하는 것은 다 아는 이야기다.

그런 그가 입원했다는 소식이 들리더니, 어느 날 불쑥 부음이 날아들었다. 그의 집 주소며 전화번호는 지금도 내 수첩에 남아 있는데…….

전쟁 전에는 조계사 앞에 있는 학교에 다니며 인사동 끝에 있던 '종로도서관'에 드나들며 일어로 된 문학 서적을 남독하며 공부를 하고, 이제는 인생의 황혼에서 여전히 인사동을 떠나지 못하고 남은 벗들과

우리는 영원하고 사랑도 그렇다

여인들과 찻집과 술청 주변을 맴돌고 있다. '민예총', '민미협'의 김용태, 주재환, '작가회의', 나같이 인사동을 떠나지 못하는 문우, 화가, 사진작가, 그 밖의 젊고 나이 든 그리운 얼굴들…….

근래에 만난 고마운 문화 후견인 김명성, 전태일재단 이사장 이수호, 시인 이행자, 화가 안성금, 사진작가 조문호, 정영신 등도 잊을 수 없는 사람들이다.

검은 싱글에 후리후리한 키의 그는
약간 신경질적인 얼굴을 하고 있었다.
창백한 듯이 보이는 피부에 검고 깊던 두 눈.
시를 낭독하면서 미세하게 떨던 그 두 팔이
지금도 눈에 선할 만큼 그가 내게 준 인상은 강렬했다.
그가 바로 김수영이었던 것이다.

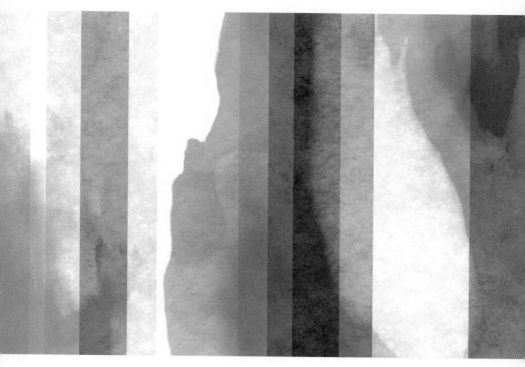

김철

김수영 회상기 | 김수영과 나

김 철

서울대학교 공과대학을 졸업했다. 1964년부터 1968년까지 김수영 시인에게 시를 배웠다. 1969년 『대한일보』 신춘문예에 당선되었고, 1970년 『현대문학』 추천이 완료되었다. 1973년 한국문학번역상을 수상했다. 시집 『말의 우주』 『비와 나무와 하늘과 땅』, 한영 대역 시집 『아침(The Morning)』, 산문집 『어느 지성의 포트폴리오』 등이 있다.

김수영 회상기*

― 김수영 20주기를 맞아

경멸, 눈물이 함께하던 강렬한 인간
학창 시절 받은 인상 영원히 못 잊어

1966년 대졸과 함께 입사했던 삼호무역(三護貿易)의 도산으로 내가
일시 하부해 있었던 해인 1968년 6월 16일 아침, 그가 가장 싫어한
'폭력'적인 교통사고로 인해 세상을 떠난 불세출의 시인 김수영―.

내가 그를 처음 본 것은 서울공대 2학년에 재학 중이던 1963년 11월
13일 서울 국립극장에서 열린 공초 오상순 추모 시 낭독회에서였다.

성우 고은정, 아나운서 강영숙, 배우 김동원 등의 낭독 장면이 선하

---

* 이 회상기는 김수영 20주기를 맞아 『부산일보』 1988년 6월 15일~16일에 게재한
글이다.

게 떠오르는 그 무대 위에서 "나는 나의 시를 가지고 나오지 않았다"라고 말한 뒤 파스테르나크의 시 몇 편을 창백한 얼굴로 두 손을 가볍게 떨며 읽어 내려가던 그의 모습은 실로 드라마틱하게 내 가슴에 들어와 박혔다. 동양적이 아닌, 어떻게 보면 파스테르나크와도 흡사한 그의 마스크가 더욱 강렬하게 나를 후려친 것은 그 다음 해인 1964년 5월인가 6월인가의 어느 날이었다.

서울공대에서도 축제의 일환으로 시화전을 계획 중이었는데 후배들이 추천한 박모(朴某) 시인 대신 김수영 시인을 지도 시인으로 모시기로 뜻을 정하고 앞으로 영원히 내 기억에서 사라지지 않을 마포구 구수동에 있는 그의 집을 연 이틀 방문하여 그를 만났던 것이다.

흰 무명 조선 바지저고리 차림에 깊숙하고 시원하고 순하면서도 날카로운 눈과 한 치는 족히 되어 보이는 긴 눈썹을 약간 찡그린 듯한 신경질적인 얼굴로 나를 맞아주었던 그 '장엄하고 고독한' 첫인상은 감수성이 예민한 한 청년 문학도의 넋을 빼앗고도 남음이 있었다.

방문 목적을 간단하게 물어보고는 따라 들어오라며 방 안으로 들어간 그는 그의 앞에 무릎을 꿇은 채로 있는 나를 평다리로 고쳐 앉게 하고 꼭 20년 연하인 나를 '김 형'이라고 불러주었다.

아무런 어려움 없이 푸르른 초여름의 숲 속에 들어가듯이 평화롭고 싱그러운 기분으로 김수영과 인연을 맺은 나는 남은 대학 시절과 삼호무역 근무 시절을 합해 1968년 6월까지 만 4년 동안 아담한 별장

우리는 영원하고 사랑도 그렇다

같은 그의 집을 무상 출입할 수 있었다.

졸업을 얼마 앞두지 않은 어느 겨울밤, 상계동에 있는 공대 기숙사까지 들어가기에는 날씨가 너무 춥다면서 한 이부자리에 들게 하여 밤 오줌도 머리맡에 준비해둔 운치 있는 놋요강에 누게 하고, 마포 강가의 '할머니집'에 같이 가서 동동주를 과음하고 고통을 당했을 때 약국에까지 와서 나의 아픔을 확인하고 걱정해주던 그 자상함은 어찌 보면 육친 이상의 그것이었다고 할 수 있다.

예총회관에서 열린 제1회 서울공대 시화전에 「제임스 띵」을 찬조해주었던 김수영. 신문회관에서 열린 제2회 서울공대 시화전에서 김소영과 다정하게 담소하던 김수영. 집에 전화가 가설되자 자주 전화하고 놀러 오라고 엽서를 보내주었던 김수영. 1968년 『현대문학』 2월호에 나의 시 「말의 우주」가 초회 추천되었을 때 제일 먼저 축하 전화를 하고 격려해주었던 김수영. 번역을 하다가도 피곤하면 서슴없이 드러누워버리던 마음대로의 김수영. 유정 씨 부부와 게장을 놓고 정종을 마시면서 마냥 즐거워하던 김수영. 계급론 등 공산주의 사상에 대해 접근하고자 하는 공학도의 호기심을 잘 다스려주던 김수영. 정동(貞洞)의 서울우유협동조합에서 우유를 마시며 사모님과 함께 나를 반겨주던 김수영.

졸시 「섬」을 불역(佛譯)하여 보여드렸을 때 사모님에게 자랑하며 매우 기뻐하던 김수영. 일본어판 하이데거 전집을 전질 구입하고는 아이처럼 좋아서 어쩔 줄 몰라 하던 김수영. 교통사고를 당하기 두 달

전인 1968년 4월 부산의 『국제신보』와 펜클럽 주관의 문학 세미나에서 용기 없는 자들에 대한 경멸의 의지가 강하게 내포되어 있는 「시여, 침을 뱉어라」라는 명구가 담긴 '힘으로서의 시의 존재'라는 주제의 시론을 발표한 후 밖에서 스승을 대접하겠다고 기다리고 섰던 나의 손을 한참 동안 쥐고 있다가 일행(백철, 모윤숙 등)과 함께 바로 경주로 가서 청마 유치환의 시비에 술을 뿌리고는 한없이 울었다는 김수영.

'이즘'으로부터 해방됐던 철학자
고정된 틀 속에서 작품 해석하는 건 곤란해

그가 세상을 뜬 후 나는 아픈 가슴을 달래어가며 그를 별에 견주어 「부활」이라는 시를 써서 1969년도 『대한일보』 신춘문예에 투고하였는데, 이 시가 놀랍게도 박목월의 선(選)으로 당선되었다. 김수영의 톤이 강력하게 드러나 있는 「부활」을 시적 취향을 전혀 달리하는 박목월이 당선작으로 잡았다는 사실은 김수영과 나와의 관계를 알 리 없는 평론가 김광림이 『국제신보』 신춘문예 시 평란에서 "김수영의 분신을 대하는 느낌이다."라고 「부활」을 평한 사실 및 1973년도에 그의 시 5편을 영역한 것이 무난하게 '한국문학번역상'을 받게 된 사실과 함께, 김수영의 영혼이 나의 활동을 사후(死後)에도 도와주고 있는 듯한 느낌을 가지게 하기에 충분한 이벤트들이라 할 수 있다.

시로써보다는 피 같은 정으로 서로가 맺어져 있기 때문에 내가 그의 시에 대해 언급한다는 것은 편파성이 있다는 오해를 받을 수 있다고도 생각되지만 김수영 사후 20년을 맞아 그에 대한 재평가 작업이 일부 평론가와 시인들 사이에서 전개되고 있고 심지어는 기회주의자적인 속물들의 무책임한 비판의 소리까지 들리고 있는 지금 한마디 하고 넘어가야 할 말이 있다. 김수영에 대해서 아는 것이 조금도 없으면서 그를 가장 잘 아는 것처럼 글을 쓰거나 순수니 참여니 혁명이니 하는 말로 그의 자유로운 시에 족쇄를 채우지 말라는 것이다.

그의 시는 어떤 '이즘'의 카테고리에도 속하지 않는다는 것이 나의 지론이다. 그는 다만 인간적인 시를 썼을 뿐이다. 인간적이란 무엇인가. 사랑을 할 줄 안다는 말이다. 사랑을 할 줄 안다는 것은 남을 불쌍히 여길 줄 안다는 말이다. 그는 자기 자신을 포함한 이 세상을 구원하고 싶어 했던 시인이다. 그래서 그는 항상 남과는 다른 표현 방법으로 남이 답습하면 당장 표가 나는, 일견 쉬운 것 같으면서도 어려운 표현 방법으로 그만의 시 세계를 구현했으나 우리의 역사성과 현실성에 비춰 볼 때 시로써밖에 성공할 수 없었으므로 항상 좌절하고 고뇌했던 철학자였다고도 볼 수 있다.

거짓말과 요설과 난해시를 혐오하고 불의에 대해서는 불같이 격노하던 그는 1965년에 있었던 전봉건과의 논쟁에서 한국같이 무질서한 시단에 모범이 될 만한 진정한 시가 나오게 하기 위해서는 "지성적인 기저에서 신념 있는" 시를 써야 한다고 강조했는데 현실과 교묘히 타협하는 데 능란한 많은 협잡꾼 같은 문인, 교수, 칼럼니스트들이 끝내 사기성의 두겁을 벗고 그의 앞에 무릎을 꿇게 했던 그 투명하고 예리했던 지성과 용기는 김수영만이 가진 에토스로서 진정한 삶의 지표처럼 우리나라 문학사의 중심부에서 오랫동안 빛날 것이라고 생각한다.

『엔카운터』, 『파르티잔』 등의 각종 외국 잡지와 수많은 책들이 가득한 그의 서가에 걸려 있던 1968년도 미국 달력—. 내가 마지막으로 선물했던 그 달력의 한 귀퉁이에 '常住死心'이라 적어놓았던 그는 자기 자신의 앞날을 예지라도 했더란 말인가.

시인이었으면서도 시인 냄새를 조금도 풍기지 않고 "인간은 삶을 앓고 있다."는 괴테의 말처럼 처절하게 삶을 앓다가 최정희의 말대로 거목같이 크게 쓰러진 김수영은 육순이 넘은 모더니스트인 사모님 김현경 여사와 몇 년 전에 결혼한 장남 준(儁)과 군에서 제대했을 차남 우(禹)와, 서울 도봉구 도봉동에 소재한 그의 유택 곁에서 시비로 승화한 그의 넋과 함께 조용하게 생활하고 있는 노모와 남동생과 다년간 『현대문학』의 편집장을 지낸 어여쁜 누이동생 김수명을 하늘에서도 뜨겁게 뜨겁게 사랑하고 있을 것이다.

김수영이 이승을 떠난 지 만 스무 해가 되는 오늘, 스무 해 전의 그와 똑같은 나이가 되어 이 글을 쓰는 나의 눈에 어느덧 눈물이 괴어 이제 그립고 그리운 마포 강가의 영원한 전설이 되어버린 그 그림처럼 아름다웠던 김수영의 옛집이 짙은 안개 속에서처럼 점점 뿌옇게 흐려져만 가고 있다.

김수영과 나*

　1963년 11월 13일 저녁, 나는 명동의 국립극장 관람석의 앞줄에 앉아서 시 낭독을 하는 시인들을 한 사람 한 사람 뚫어지게 바라보고 있었다. 그날은 제4회 '시에의 초대일'이자 '시인의 밤'이었다. 나는 그때 아직 대학생으로서, 그 낭만적인 '시인의 밤'에 매력을 느끼기도 해서였지만, 내가 정말 그리워하고 있던 어느 시인의 얼굴을 직접 보기 위해서 신공덕동(지금의 상계동 부근)의 서울공대 기숙사를 떠나와 거기 앉아 있었던 것이다.

---

* 　1988년 6월 15일과 16일 『부산일보』에 게재되었던 회상기 이전에 써두었던 것으로 김수영과 나 사이에 있었던 이야기 중의 전반부에 해당되는 기억들의 집합이라 할 수 있다.

이윽고 양주동 선생의 소개를 받고 내가 보고 싶어 했던 그 시인이 걸어 나왔다. 검은 싱글에 후리후리한 키의 그는 약간 신경질적인 얼굴을 하고 있었다. 창백한 듯이 보이는 피부에 검고 깊던 두 눈. 시를 낭독하면서 미세하게 떨던 그 두 팔이 지금도 눈에 선할 만큼 그가 내게 준 인상은 강렬했다. 그가 바로 김수영이었던 것이다.

그는,

"새로 지어놓은 시가 없기 때문에 파스테르나크의 시를 가지고 나왔습니다."

하고 한 편의 시를 낭독한 뒤,

"이번 것은 좀 쉬울 겁니다."

하면서 두 번째 시를 읽고 들어갔는데, 그 태도와 떨리는 그의 말이 어찌나 나의 마음에 들었던지 나는 그만 들고 있던 나의 시첩(詩帖)을 꼬옥 껴안았다.

"새로 지어놓은 시가 없기 때문에"라는 그 부정적인 말에 나는 얼마나 흥미를 느꼈는지 모른다. 시 낭독을 위하여 시를 지을 수는 없다, 그 사이 나는 딴 일을 했다, 번역을 했고, 아내와 아들들과 이야기를 나누었다는 표현이 아니었을까 하는 생각이 들지만, 어쨌든 그의 그 검은 이미지가 나의 머릿속에 꽉 들어와 박혀버린 것만은 틀림없었다. 그만은, 시를 읽을 줄도 모르고 쓰기만 하는, 낱말의 연결에만 몰두하는 그런 평범한 시인은 아닌 것 같았다. 그날 밤 나는 구상 선생이 손수 판매하던 공초 오상순의 시집을 한 권 사서 내 기숙사 방의

우리는 영원하고 사랑도 그렇다

책꽂이에다 곱게 꽂아둔 채 그 검은 눈의 시인을 꿈꾸며 잠이 들었을 것이다.

다음 해인 1964년—1학년 2학기부터 장장 2년을 가정 형편상 휴학했던 나는 그제야 3학년이 되어 있었다. 내가 3학년이 되는 동안에도 나는 일일이 열거할 수는 없지만 그의 시를 틈틈이 읽었고, 어디서든지 그의 이름만 발견하면 마음이 흐뭇해지곤 했다. 이봉구의 명동에 관한 소설 마지막에서 까까머리가 된 김수영의 이야기를 읽고는 얼마나 기뻐했던지 모른다.

3학년이 되자 공대에서도 글을 쓰는 학생들, 소위 문예반원들 사이에서 시화전을 열고자 하는 움직임이 엿보였고, 그것이 제대로 진행되어 작품을 모집하게 되었다. 나는 직접 거기에 관계는 하지 않았지만 몇몇 작품을 고르기도 하고 고치기도 했는데, 시화전이 열릴 곳과 때는 예총회관 화랑, 5월 22일로 결정이 났다.

그런데 문제가 된 건 자문 격으로 모실 현역 시인을 누구로 하느냐였다. 나는 그저 그것도 다른 후배에게 맡겨두고 모른 체하고 있었는데, 하루는 그 후배에게서 전화가 오기를, P시인으로 낙착을 지었다는 것이었다. P시인이라면 자연파 시인인데 그에 대해서는 간접적으로 내가 접한 좋지 못한 소문이 있었기 때문에, 나는 대뜸 그분보다는 김수영 시인이 우리에게 더 필요한 분일 것 같으니 그를 지도 시인으로 모시자고 고집하였고, 나의 고집은 그대로 관철되었다.

그 다음 날 나는 현대문학사에 김수영 시인의 주소를 묻는 편지를 보냈다. 바로 답이 왔는데, 마포구 구수동 41의 2였다. 내가 지금도 보관하고 있는 현대문학사 전용의 편지지에 적힌 그 답신은 김수영 시인의 여동생으로 『현대문학』 편집장을 맡아 있던 김수명 선생이 보낸 것이었다.

처음으로 구수동이라는 데를 가본 나는 대략 짐작으로써 이리저리 다니며 노는 아이들을 붙잡고 막무가내로 물었다. 그런데 맨 처음 물어본 아이가 당장 그 집을 안다는 것이었다. 나는 뛸 듯이 기뻤다.

"저기 저 집이에요."

하고 가리키는 집은 내가 그리리라고 꿈꾸던 그러한 집은 못 되었다. 거기엔 두 집이 붙어 있었는데, 나는 아무 문에나 대고 계십니까를 외쳐대었다. 얼마 후에 문을 열고 나온 사람에게 사연을 말했더니, 그분 집은 바로 옆집인데, 모두 외출 중이니 나중에 들러보라고 했다. 나는 한없이 실망하면서 내의(來意)를 적은 종이쪽지를 그 사람에게 남겨두고 돌아섰다.

그 다음 날 다시 갔을 때엔 안에 누가 있는 것 같았다. 한참 내가 소리를 지르자 어떤 남자가 고무신을 끌고 얼굴을 잔뜩 찡그린 채 뭐냐고 그러면서 나왔다. 바로 김수영이었다. 어렴풋이나마 국립극장에서 본 기억과 일치시킬 수가 있었다. 하얀 여름용 무명 바지저고리에 텁수룩한 머리를 하고 있었는데. 얼굴도 여전히 창백한 것 같았다. , 작스레 나타난 나의 존재를 몹시 귀찮아하는 표정이었다.

나는 펄떡거리는 가슴을 진정하고, 찾아온 이유를 간단하게 말했

우리는 영원하고 사랑도 그렇다

다. 어제도 왔었노라고 했다. 그는 잠시 동안 나를 뚫어지게 바라보더니 들어오라고 하는 것이었다. 이때의 내 정신은 정말 반쯤 어디로 달아나고 없었다.

그는 고무신을 부뚜막에 벗어놓고 방으로 올라갔지만 나는 얼떨결에 그 밑에다 구두를 벗어놓고 부뚜막을 밟고 올라갔다. 방은 약간 어둑했었다. 지금은 자세히 떠오르지 않지만 작은 놋요강이 있었고, 역시 자그마한 자개상 위에 원고지 등이 얹혀 있었던 것 같다. 옆에는 많지는 않아도 손때가 묻은 영문 서적들이 꽂힌 서가가 있었던 것 같기도 하다. 그리고 벽에는 몇 점의 그림이 걸려 있었다.

김수영은 나의 고향을 묻고, 출신 고교를 묻고 하면서 담배를 피우라고 했다. 그러나 그때 나는 피울 수가 없었다. 그는 꿇어앉은 나를 평다리로 고쳐 앉게 했다. 내가 시를 한 편 주셔야겠다고 하니까, 그럴 필요가 있을까, 하더니 내가 자꾸 졸라대자 얼마 전에 모지(某誌)에 발표되었던 「제임스 띵」을 쓰라고 하는 것이었다. 새 작품을 주지 않는 그의 성벽에 대하여 나의 요구도 무리라 생각하며 수긍을 하고 기꺼이 그 작품을 받아 들고 돌아왔다.

드디어 서울공대 제1회 시화전 작품이 예총회관 화랑에 전시되자, 나는 프로그램을 가지고 김수영을 두 번째로 방문하였다. 그는 이제 구면이 된 나를 매우 다정하게 대해주었다. 그렇지만, 그 순박한 다정함 속에는 몹시 매읍고 자극을 주는 것들이 가득 들어 있었다. 그는, 한번 나와서 작품 평을 해달라는 청을 쾌히 응낙해주었다. 전시 기간

중의 어느 날 오후에 예총회관의 석굴암다방에서 만나기로 약속을 하고 나는 물러났다.

　그날 그 약속 시간이 되기 조금 전에 나는 미리 다방으로 내려갔다. 그런데 시간이 넘어가도 김수영은 나타나지 않았다. 웬일일까 하고 초조해하고 있는데, 진행을 맡은 후배가 내려오더니, 아직 안 오셨느냐면서, 지금 누군가 혼자 와서 작품들을 자세히 읽고 있는 사람이 있는데, 혹시 그분이 아니겠느냐는 것이었다. 나는 벌떡 일어났다. 달려가보니 그는 벌써 네 번짼가의 시를 담배를 피우면서 읽고 있었다. 나는 한동안 가만히 지켜보고 있다가 조용히 다가갔다.

　"선생님, 다방에서 기다렸습니다."

　그는 그냥 싱긋 웃고는 계속 작품들을 읽어나갔다. 무엇이든 약간 본 궤도에서 벗어나고 싶어 하던 그의 성격이 거기서도 나타난 것 같이 생각되었다. 내 작품 「접문(接吻)」 앞에 이르자, 그는,

　"이건 일본말 아니야?"

그러면서,

　"미학(美學)이란 말은 가능한 한 피해야지."

하고, 어느 누구의 시 앞에서는,

　"불란서 시를 읽는 기분인걸."

하기도 하고,

　"이건 시가 아니야."

라고도 했다.

또 기념으로 걸어두었던 이상(李箱)의 시를 보고는 천재였다고 찬탄을 아끼지 않는 것이었다.

그리고 우리는 다방으로 내려가 이야기를 나누었는데, 그때 김수영이 한 말 중 한마디 분명히 기억에 남아 있는 것은, "시를 쓰든가, 무엇을 하든가 역사적인 눈을 가져야 한다."는 것이었다. 그러면서 그는 그 다방의 테이블 디자인을 비웃기도 했다.

저녁이 되자 시를 출품했던 학생들 모두는 그와 함께 간담회를 겸한 저녁 식사를 하러 갔다. 예총회관의 중국음식점에 올라갔다가 방이 없다는 말에 다시 내려와서는 한식당에 들어갔다. 그때 김수영은 냉면을 시켰던 것으로 기억된다. 모두들 그에게 질문을 하고 이야기를 들었다. 한참 식사 중에 그가, 다들 연애를 하고 있느냐고 하자 모두들 싱글벙글하며 이러쿵저러쿵 떠들어대었다. 그는 아마 연애를 하려면 성실한 연애를 하라고 말했던 것 같다.

시화전이 다 끝난 후 어느 날, 나는 가정교사 월급 받은 것도 있고 하여 시화전에 대한 사례도 할 겸, 동대문시장에 가서 햇복숭아를 한 상자 사 들고 그의 집을 찾아갔다. 마침 만날 수가 있었다.

사모님도 계셨는데,

"저분은 뭐 사 들고 오는 것을 싫어해요. 부담이 되니까요."
하시면서 미안해하셨다.

복숭아가 들어오자, 그는 서슴없이 집어먹었다. 나도 같이 먹었다. 그가 어떻게나 맛있게 먹는지 그저 놀라지 않을 수 없었다. 그 거리낌

없는 태도. 어른인 양하는 아무런 점잖음도 거기엔 없었다.

집 이야기가 나와, 나의 고향(부산)에 가면 집에 포도나무가 있다고 하자, 부엌 문을 향하여 사모님을 부르더니,

"여보, 김철 씨 집에 포도나무가 있대."

하며 좋아하던 모습이 이 순간에도 눈앞에 서언하다.

그러고는 얼마 전에 이화여대생들의 무슨 모임에 초청되어 갔었는데, 자기가 이야기를 하는 도중, 그 모임을 이끄는 교수가, 김수영이 아이들에게 말하는 내용을 감시하는 것 같은 인상을 주어서 몹시 기분이 상해 일찍 와버렸다고 하면서, 서울공대생들과의 대화는 참으로 시원했다고 말했다.

이렇게 하여 나는 김수영을 가장 많이 따르는 제자(?)가 되었다. 제자라고 해봤자 직접 가르침을 받거나 하는 것도 아니고 그냥 마음대로 찾아가서 한 시간가량 이 이야기 저 이야기 하다가 오곤 할 뿐이었다. 그러나 나는 그 속에서 많은 지식과 상식을 발견했고 배우기도 했다. 우리는 시에 대한 이야기는 거의 하지 않았지만, 나는 시가 아닌 여러 가지 것들 속에서 더 많은 시를 배우고 알 수가 있었다. 이때부터 마포, 특히 구수동은 내게 있어서 영원히 잊지 못할 곳으로 다져지기 시작했다.

그러던 중 그는 집을 수리하여 새롭게 단장을 했다. 길가의 큼직한 밭 옆에 자리잡은 그 아담한 집 앞에서 '金洙暎'이란 문패를 보고 들어서자, 옛날 집을 처음 보고 느꼈던 작은 실망은 싹 가시고 말았다.

우리는 영원하고 사랑도 그렇다

아름다운 집이었다. 단아한 집이었다. 그 집에서 그는 내게 이런 말을 했다.

"기자들도 잘 못 들어오는 우리 집을 김 형은 언제나 와도 좋아요. 김 형은 눈이 살아 있으니까. 사람은 눈을 보면 알거든, 눈을."

20년이나 연하인 나를 아무 주저 없이 김 형이라고 불러주는 그의 집을 나는 무척이나 들락거렸다. 그때마다 나는 그로부터 "고전을 읽어라, 공부하라, 쓰려고만 하지 말라, 사이비가 되지 말라."라는 교훈을 잔뜩 받아 안고서 돌아오곤 했다. 나의 눈에 비친 그의 행동에 성실성이 없었던 적은 한 번도 없었다. 아무리 바쁜 일이 있어도 일단 손님이 방에까지 들어오게 되면 책상을 물리고 손님을 대접했다. 그렇게 함으로써 손님은 그의 바쁨을 미묘하게 간파할 수가 있는 것이었다.

어느 날 내가 방문했을 때 우리는 이야기를 한동안 나눈 후 집 근처에 있는 곱창집으로 가서 막걸리를 마셨다. 가는 도중 동리 노인을 만나자 허리를 굽혀 깍듯이 인사하는 그의 태도를 보고 나는 크게 감명을 받았다. 모두를 안하무인격으로 보려고 하는 시인의 성격이 그에게도 있으려니 하고 생각했던 나의 짐작은 크게 빗나갔다. 그만큼 그는 도덕적이고, 사회적이고, 비고독적(非孤獨的)이었다. 그러나 그의 내심에는 물론 크나큰 진(眞)고독의 파도가 넘실거리고 있었을 것이다. 세계의 고독이…….

사뮤엘 베케트가 노벨상을 받는다는
숨막힌 소식을 내가 들었을 때
덧없이 간 金洙暎의 혼이 생각나고
어린 나와 어른된 그와의
그렇게 文學的이던 사랑이 생각났다.
제임스 조이스가 사뮤엘 베케트를
좋아서 距離 두고 사랑했듯이
나를 사랑하고 두둔했던
키 큰 金洙暎의 길고 긴 눈썹—
눈썹 끝에 보일듯 말듯 매달려 있던
어쩔 수 없는 생활의 苦惱가
어리석게 訪問하는 나의 두 눈에
틈틈이 뛰어와 빛으로 박힐 때
스스로 기절하던 나의 根性이
지금도 나를 가끔 다스리고 있다.
불쌍한 이 世界의 무질서 속에
정신없이 빠져 있는 男女들의 俗性을
무한히 싫어하는 나의 房門 앞에는
언제나 金洙暎의 신발이 놓여 있고
표준 삼을 사랑의 견본이 놓여 있다.
늘 보던 그 신발이 나의 것이 되고
뜨겁던 그 사랑의 견본이 나의 것이 될 때까지는
사뮤엘 베케트가 노벨상을 받는다는
新聞 한 장의 숨막힌 소식은 늘 숨막히게밖에

우리는 영원하고 사랑도 그렇다

들리지 않을 것이고
제임스 조이스가 영웅처럼밖에
이해되지 않을 것이지만,
이것이 내가 아끼는 나의 결점이다. 아―
끈질긴 내 자신의 묵은 결점 위에
金洙暎의 눈물이 비 오듯 쏟아진다.
아직도 영원을 가르쳐 주는
외로운 金洙暎의 사랑이
자꾸 무겁게, 무겁게 쏟아진다.

―「사랑」(1969)

공인이란 공중의 행복을 추구하는 것을
직업으로 삼고 있는 존재다.
하기 때문에 누구나 알몸이어야 한다.
어떤 수치도 옷으로 가리는 일은 없어야 한다는 뜻이다.
그래서 높은 공직에 오르는 사람에 대해서는
가혹하리만큼 높은 도덕성을 요구한다.

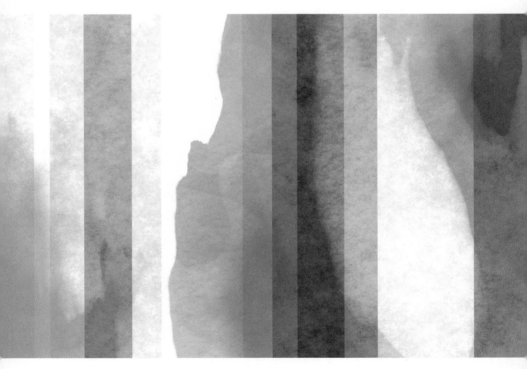

김중위

이것은 구두가 아니다 | 고다이바 부인 이야기

김중위

1939년 경북 봉화에서 태어나 고려대학교 정치외교학과를 졸업했다. 『사상계』 편
집장, 12~15대 국회의원, 환경부장관 등을 역임했다. 대한민국 헌정회 영토문제
연구특별위원회 위원장, 칼럼니스트(대전일보, 경남일보, 경북신문, 월간 『헌정』,
월간 『문학저널』)로 활동 중이다.

이것은 구두가 아니다

해외출장이나 여행 중에 틈만 나면 골동품 상가나 벼룩시장에 가는 것을 큰 취미로 삼고 있었다. 남이 쓰다가 버린 은제 컵이나 시계, 오페라용 망원경, 여러 문양이 조각되어 있는 파이프, 청동으로 된 자그마한 인물상, 수염까지도 선명하게 달려 있는 땅콩만 한 고양이 등 100여 종이 넘는 소품들을 집안 마루 한쪽에 진열해놓고 보는 맛이 여간 즐겁지가 않다. 그중에서도 남몰래 자랑하고 싶은 작품들도 꽤나 여러 점 있다.

이집트 재래시장에서 구한 두루마기 입고 수염 기른 옛날 조선 할아버지 목각과 남아프리카의 요하네스버그 부근 시골 동네 시장에서 주인 책상 발밑에 아무렇게나 뒹굴고 있던 아프리카인상 목조각품이 그렇다. 어떤 연유로 조선 선비풍의 할아버지 목각이 이집트까지 흘러들어 가게 되었는지가 지금도 궁금증을 더해주고 있어 오히려 더 자랑거리로 여기고 있는지도 모른다. 절대로 팔지 않겠다고 하는 주인을 한참이나 꼬드겨서 겨우 손에 넣은 목조각품은 그 조각된 아프리카인상이 동티모르의 독립운동가이자 초대 대통령인 구스마오를 빼다 박은 것처럼 닮은 데다가 그 눈동자가 살아 있어 여간 신기하게 느껴지는 것이 아니다. 게다가 그 나무의 무게 또한 철근 덩어리만큼이나 무거운 것이어서 신비스럽기까지 한 물건이다.

남자가 무슨 그런 자질구레한 소품들에 취미가 있느냐고 핀잔을 주는 아내의 눈살을 피해 몰래 주머니에 넣고 하나씩 사들인 물건 중에는 무슨 까닭인지 외짝의 구두도 다섯 개나 있다. 그중에서 네 개는 도자기이고 하나는 목제다. 이 모두가 진열장 안에 고즈넉이 자리를 차지하고 있으면서 저마다 독특한 자신만의 얘기를 누군가가 들어주기를 원하고 있는 듯 얌전히 고개를 숙인 채 앉아 있다. 모자를 눌러쓴 마도로스가 파이프를 입에 물고 있는 모습이 양각으로 그려져 있는 나막신 한 짝이 그중에서도 가장 아름답게 느껴진다. 가끔 손으로 만져보곤 하는데, 그 질감이 형언할 수 없는 우아함을 안겨다준다. 딱딱하면서도 말랑말랑한 것 같은 느낌이다. 그에 비하면 끈이 얌전하게 가즈런히 매어져 있는 어린 학생용 운동화 한 짝이나 성인 여성용 부츠 한 짝은 육안으로 보아도 그 표피가 약간은 거친 듯하여 손이 가까이 가지지 않는다. 뚜껑이 있는 목제의 구두 한 짝은 그 안에 바늘이나 실을 넣게 되어 있는 것으로 보아 단순한 완상용 소품이 아니라 여인들이 화장대 위에 놓고 쓰던 손도구가 아니었나 싶다. 말하자면 예술품이 아니라 생활 도구였다고 보여진다. 그러나 조형미로서는 작품으로 보아도 무난할 것 같은 물건이다.

그런데 이상한 것은 내가 무슨 연유로 하고많은 소품들을 수집하면서 하필이면 외짝의 구두를 그렇게나 많이 사들였는가 하는 것이다. 필리핀의 이멜다 여사는 자신이 신기 위해 수백 켤레의 구두를 사들였다고 하겠지만 나는 신지도 않을 모형 구두 그것도 외짝의 구두를 다섯 개나 사놓고 즐기고 있으니 이건 영락없는 변태인가 싶은 생각이 없지 않다.

언제인가 미국의 조지 부시 대통령이 이라크를 방문하여 기자회견을 하고 있는데 어떤 한 기자가 난데없이 그를 향해 자기 구두를 던진 적이 있었다. 아랍에서는 신발을 사람에게 집어던지는 것이 가장 큰 모욕이라고 하는데 그런 생각보다는 나는 그 순간의 영상을 보면서 "맨발의 청춘이 따로 없군." 하는 생각이 먼저 떠올랐으니, 나에게는 신발에 대한 무슨 특별한 잠재의식이 있지 않은가 하는 생각도 드는 것이다. 신고 있는 구두를 벗어 한 짝씩 두 번이나 집어던졌으니, 그는 필시 맨발일 수밖에 없었을 터! 청춘이 아니고서야 어찌 신발을 벗을 생각이나 했겠는가 해서다.

세계 어디를 가든 창녀의 몸값은 그 나라의 구두 값과 같다는 고정관념이 어느덧 구두는 섹스의 상징이라는 데에까지 이른 지가 꽤나 오래인 것을 다시 한 번 깨닫는다. 신데렐라 동화에서 왕자는 하필이

반아이크, 〈아르놀피니 부부의 결혼〉

면 왜 유리 구두 한 짝을 들고 그 잊을 수 없는 미모의 여인을 찾아 나섰을까?

15세기 화란의 화가 반 아이크의 유명한 〈아르놀피니 부부의 결혼〉이라는 그림을 보면 신혼부부의 신발이 여기저기 흩어져 있는 것을 볼 수 있다. 전문가들은 결혼은 성스러운 것이기에 성경에서 말하는 것처럼 구두를 벗은 그림이 되었다고 설명한다. 그럴는지도 모른다. 시대적 배경이 그러하니까 말이다. 그러나 속된 생각으로 말하면 구두 벗는 행위를 자신이 가진 모든 것을 바치겠다는 뜻으로 해석해도 마찬가지가 아닐까 싶다. 18세기 프랑스의 풍속화라고 할 수 있는 〈그네〉(프라고나르)를 보면 내 생각이 과히 틀리지 않은 것 같은 느낌을 갖는다. 치마를 펄럭거리며 그네 타는 여인이 밑에서 구경하고 있는 남자를 향해 자신이 신고 있던 샌들(sandal) 한 짝을 벗어 던

우리는 영원하고 사랑도 그렇다

지는 장면이 그렇게도 유혹적일 수가 없기 때문이다.

내 선친이 언제나 다 떨어진 군화를 신고 다니는 젊은 날의 나에게 해주신 말씀도 나에게는 소중함으로 간직되고 있다. "남자는 구두만큼은 깨끗이 하고 다녀야 한다. 남자를 만나 대화를 나누는 여인은 언제나 머리를 숙이기 마련이고 그러면 자연히 여인의 눈길은 남자의 구두코에 박힐 수밖에 없기 때문이다." 이 얼마나 절묘한 충고인가? 프로이트가 따로 없다는 생각이 절로 들

프라고나르, 〈그네〉(부분)

반 고흐, 〈구두〉

었다. 비록 현대가 아닌 개화기의 여인을 연상케 하는 말씀이긴 하지

만 말이다.

그러나 한편으로는 "지상에 유배된 천사"로 불리는 반 고흐의 구두 그림을 보면 도저히 속된 마음으로 구두를 보기조차 민망하게 된다. 그가 그린 구두에는 윤기 어린 반짝거림도 반듯함도 정돈됨도 보이지 않는다. 삶에 지친 사람들이 아무렇게나 벗어버린 투박한 구두에서 느껴지는 것이라고는 고달픔밖에는 없다. 늘어진 신발끈, 다 해진 구두 코, 뒤틀린 형태, 찢어지고 흙투성이인 채로의 구두가 무슨 큰 의미가 있기에 그는 그토록이나 열정을 다 하여 그 낡은 구두를 계속해서 그렸을까가 사뭇 궁금해진다.

유난히도 자화상을 많이 그린 화가이니 그에 보태어 색다른 자화상을 그런 식으로 그린 것일까? 아니면 더 이상 이 세상에서 살아갈 자격을 잃었다고 생각하고 그렸을까? 흙먼지투성이로 내버려진 구두를 실패만 거듭한 자신의 구겨진 인생과 같은 것으로 생각한 것은 아닐까? 이는 고흐가 스스로 자살하기 위해 자신에게 총을 쏘고도 금세 죽지 않고 이틀씩이나 고통을 겪으면서 최후로 한 말이 "나는 왜 이렇게 모든 일에 서툴지! 총 쏘는 것도 제대로 할 줄 모르니!"라고 했다는 얘기를 듣고 생각해낸 것이다.

고흐의 구두 그림을 가장 많이 예로 들면서 예술작품의 사물적 측면을 강조한 하이데거에 이르러서는 구두는 이제 더 이상 성적 상징으로서의 구두가 아닌 것으로 이해된다. 마그리트가 파이프 그림을 그려놓고 〈이것은 파이프가 아니다〉라고 제목을 붙인 것처럼 고흐의

우리는 영원하고 사랑도 그렇다

구두 그림도 구두가 아니요 이라크의 기자가 던진 구두도 이제는 더 이상 구두가 아닌 것이 되었다. 다시 마그리트에게 구두를 주고 그리라고 한다면 이런 제목을 붙여놓을 것 같다. 〈이것은 구두가 아니다〉. 그렇다면 무엇일까?

고다이바 부인 이야기

웬만한 사람이면 다 아는 얘기이지만 고다이바 부인(Madam Godiva)의 얘기를 한 번쯤 더 해보는 것도 아주 의미가 없을 것 같지는 않다.

고다이바 부인은 11세기 영국의 코벤트리(Coventry) 시의 영주(領主)인 레오프릭(Leofric) 백작의 부인이었다. 어느 날 백작 부인은 영주의 혹독한 세금 징수로 백성들의 원성이 자자하다는 사실을 알게 되자 이 사실을 영주에게 알리고 몇 번씩이나 세금을 감면해주기를 간청한다. 그러나 영주는 부인의 간청에 아랑곳도 하지 않고 지나는 말로 "당신이 알몸뚱이로 말을 타고 코벤트리 시내 거리를 한 바퀴 돈다면 모를까 그렇지 않고는 어림도 없는 일이야."라고 퉁명스럽게 내뱉는다.

백작은 부인의 청을 받아들이지 않을 속셈으로 내뱉은 한마디이지

우리는 영원하고 사랑도 그렇다

만 고다이바 부인은 그렇지 않았다. 곰곰이 생각을 가다듬다가 "공중의 행복을 위하는 일이라면" 알몸으로 말을 탄들 어떠랴 하는 심정으로 말을 탈 준비를 하기 시작했다. 코벤트리 시의 시민들은 이 소식을 듣고 감격한 나머지 부인이 말을 타고 거리를 돌 때에는 어느 누구 한 사람 예외 없이 창문과 덧문과 커튼을 굳게 닫고 내다보지 않기로 결의를 하였다.

고다이바 부인은 긴 머리카락을 이용해 앞을 가린 다음 알몸으로 말을 타고 느릿느릿 시내 거리를 돌기 시작했다. 시민들도 약속대로 말을 타고 거리를 누비는 고다이바 부인을 창틈으로라도 엿보는 사람이 하나도 없는 듯하였다. 그러나 불행하게도 호기심 많은 재단사 톰(Tom)이라는 사나이만은 시민들과의 약속을 어기고 창문 틈으로 그 부인의 알몸을 엿보았다. 그 순간 그 톰이라는 사나이는 그만 두 눈이 멀어버렸다는 것이다.

이 이야기는 더러는 전설로 더러는 사실로 전해져 내려왔다. 그러나 그 진위(眞僞)와는 관계없이 고다이바 부인의 용기와 자비심은 그 뒤 그림으로 시로 화폐로 동상으로 기념되어왔다. 옛날 코벤트리 시에서는 이 부인을 기념하는 동전을 만들어 '공중의 행복을 위하여(pro bono publico)'라는 작은 글씨를 조각하여 사용하기도 하였다고 한다.

말하자면 고다이바 부인은 '공중의 행복을 위한' 숭고한 행동으로 역사에 길이 남을 일화의 주인공이 되었고 양복 재단사, '엿보는 톰(Peeping Tom)'은 자신의 호기심을 억제하지 못한 죄로 졸지에 영원히

'관음증이나 호색한'의 대명사로 자리잡게 되었다는 얘기다.

신화나 전설이나 설화가 모두 인간들이 살고 있는 사회에서 어떻게 사는 것이 참으로 존귀한 삶인가 하는 것을 직간접으로 가르쳐주기 위해 생긴 것이라면 고다이바 부인 이야기 역시 이런 범주에서 크게 벗어나지 않고 있는 것이라 여겨진다.

그러나 우리는 이 얘기에서 고다이바 부인으로 하여금 왜 벌거벗은 알몸으로 말을 타게 하였으며 '엿보는 톰'은 왜 하늘의 벌을 받아 눈이 멀게 되었는가를 곰곰 생각해보지 않을 수 없다.

인간은 애초에 순결하게 태어났으나 죄를 짓고부터 옷을 입기 시작했다는 서양 사상에 비추어보면 옷을 입는다는 것은 수치(羞恥)를 감춘다는 뜻이요 벌거벗는다는 것은 어떤 수치도 감출 것이 없다는 의미로 해석할 수 있다. 서양의 미술에서 옷을 벗은 여인과 옷을 입은 여인을 나란히 그리는 이유는 옷을 벗고 알몸으로 있는 사람의 순결성을 한층 더 돋보이게 하기 위한 것이라는 사실도 우리는 염두에 둘 필요가 있다.

이런 차원에서 본다면 고다이바 부인의 알몸은 지순한 순결을 상징하는 것이고 이의 공개는 무한 봉사를 상징하는 것이라 여겨진다.

공인(公人)들의 자세가 어떠해야 하는가를 이 고다이바 부인이 가르쳐주고 있는 것이다. 공인이란 공중의 행복을 추구하는 것을 직업으로 삼고 있는 존재다. 하기 때문에 누구나 알몸이어야 한다. 어떤 수치도 옷으로 가리는 일은 없어야 한다는 뜻이다. 그래서 높은 공직에

우리는 영원하고 사랑도 그렇다

오르는 사람에 대해서는 가혹하리만큼 높은 도덕성을 요구한다. 요즈음의 국회에서 공직 취임 예정자를 앞에 앉혀놓고 그 너울을 사정없이 벗겨내는 것도 그 일환이라 할 것이다. 자신의 수치스러움을 겹겹의 옷으로 감싸고 있어서는 공직에 취임할 수 없다는 사실을 우리는 지금에 와서야 비로소 서서히 깨닫기 시작하고 있는 것이다.

그러나 공인이 아니라 하더라도 자신이 가지고 있는 모든 지적(知的) 능력이나 사회적 경험이나 애정을 가지고 이웃이나 사회에 봉사하는 것은 왜 공중의 행복을 위해(pro bono publico) 하는 일이 아니라 할 것인가?

어떤 단편소설에서 읽은 얘기를 하나 해보자.

성당에서 무슨 행사가 있어 지역의 모든 신자들이 성당에 모여 저마다 자기가 지니고 있는 패물이나 지갑에 들어 있는 돈을 성당에 헌납하였다. 그런데 어디서 광대 한 사람이 나타나 성당 안에 밧줄을 걸고 그 위에 서 춤을 추고 있는 것이 아닌가? 사람들은 성스러운 성당 안에서 어떻게 이런 해괴망측한 일이 있을 수 있느냐고 비난이 빗발쳤다.

그러자 이때 성모마리아가 조용히 나타나 그 광대를 너무 나무라지 말라고 말을 한다. "너희들은 너희들이 가진 것 중의 일부를 나에게 바쳤지만 저 광대는 자신이 가진 것 모두를 나에게 바치고 있는 것이다."

바로 이런 정신이 고다이바 정신이 아닌가 싶다. 비록 봉사의 대상은 다르지만 자신이 지니고 있는 재능 모두를 기꺼이 사회에 봉헌한다는 의미에서는 큰 차이가 없지 않나 싶다.

그렇다면 톰이라는 사나이가 부인의 알몸을 문틈으로 엿본 행위로 인해 하늘의 벌을 받았다는 뜻은 또 무엇일까? '엿보는 톰'은 호색한의 대명사처럼 쓰고 있지만 호색한이기 때문에 하늘의 벌을 받았다고 보여지지는 않는다. 그가 벌 받은 것은 신의성실(信義誠實)이라는 법률의 기본 철칙을 어겼기 때문이라 생각된다. '약속은 지켜져야 한다'는 법률의 대원칙을 어기고서야 어찌 벌을 받지 않을 수 있을까? 주민들 간의 약속이 바로 법이기 때문이다.

법을 교묘히 어길 수 있는 사람이 언제나 유능한 사람이 되고 부끄러움을 화려한 옷으로 잘도 감싸 안은 사람이 출세하는 사회에 대한 경종이 바로 고다이바 부인에 대한 얘기가 아닌가 싶다.

우리는 영원하고 사랑도 그렇다

제3부

우리는 영원하고 사랑도

:
:
:
:
:
:
:
:
:
:
:
:
:

쿨한 이 시대의 사랑 속에서 이들의 사랑은 단연 빛난다. 아무려나 지극한 사랑은 모두의 꿈이거니 모자라도 그저 지독하면 되리라.

동해 바다는 태평양의 웅혼함과 푸른 기개가 있다.
색깔이며 모습이며 대양을 스쳐 온 풍모와 위엄이 있다.
초원을 달리는 말갈기 같은 푸르고 흰 파도를
가슴 가득 안고 오는 동해의 젊고 건강한 저 눈부신 몸짓!

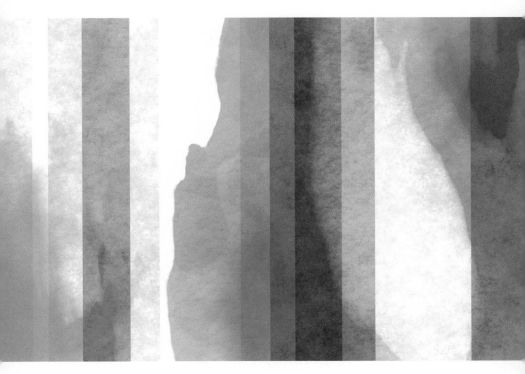

김가배

바다의 편지 | 그리움이 거기 머물고 있었네

김가배

충남 공주에서 태어나 시집 『바람의 서』 『나의 미학』 『섬에서의 통신』 『가을 정거
장』 등이 있다. 여행전문지 『여행작가』의 편집위원으로 있다.

바다의 편지

갈매기들이 부리에 물고 온 저 황금빛 옷자락!

저물녘의 바다는 눈물겹게 아름답다. 하루의 끝을 예감하고 얼굴을 붉히며 빗장을 걸어 잠그는 바다의 뒷모습! 한 삶을 마감하고 홀연히 입멸하는 슬픈 의식이 내재된 눈부신 아름다움이다. 세상의 모든 빛들이 모여 반짝이듯 바다는 황홀한 빛을 뿜어낸다.

저 광휘의 시간! 모든 목숨이 있는 것들의 하오는 저토록 빛나야 하는구나!

휘황하던 낙조가 지나간 저문 바다는 한없이 쓸쓸하다.

낡은 그물을 깁던 늙은 어부도 돌아가고 빈 선창엔 바람에 날리는 비닐 조각, 빈 페트병, 사람들이 남기고 간 속된 흔적들 위로 돌아가지 못한 갈매기들만 하늘을 서성인다.

새들이 그리는 포물선! 사위어가는 것들의 저 허허로운 뒷모습! 어두워가는 빈 백사장에 앉아 얼룩진 그의 편지를 읽는다. 바다가 보낸 편지!

안쓰런 사연들이 포말로 사라졌다가 돌아오고 밀려가다가 다시 내 가슴으로 파도쳐 온다.

가슴 한가운데 물이랑을 만들며 떠가고 있는 푸른 글씨들!

이곳 속초에 피정차 내려온 지도 어느새 1년이 넘어가고 있다.

나를 아끼는 주변 사람들은 이곳에서 아주 좋아질 때까지 눌러 있으라고 성화다. "건강을 잃으면 모두를 잃는 거야. 돈이 뭐 중요해? 먹고살 거 있잖아." 가족들도 친구들도 이구동성으로 나를 몰아붙이고 있었다.

아침 운동을 하러 문을 열면 어김없이 걸려 있는 물고기 두 마리.

참 이상한 일이었다. 내가 묵고 있는 작은 아파트 문고리에 아침이면 어김없이 물 좋은 생선 봉지가 걸려 있는 것이다.

오징어나 생태, 작은 놀래미 또는 동해 바다에서만 나온다는 값비싼 털게나 가리비 같은 조개들도 들어 있었다. 갓 잡아 온 듯 물 좋은 생선이 얼음과 함께 푸른색 비닐봉지에 들어 있는 게 아닌가. 처음에는 잘못 배달된 것인 줄 알고 옆집이나 이웃집의 문을 두드려 확인했으나 전연 아니었다. 밭에서 갓 뽑아낸 상추며 쑥갓이 동봉되어 있기도 했다.

하루 이틀도 아니고 계속되니 고맙기 이전에 궁금증이 더해갔다.

누구일까? 영 기분이 개운치가 못했다. "받기만 하는게 민망합니다. 더 이상 놓고 가지 마세요." 문에 써 붙였으나 그대로 계속되었다.

동해의 삼포해수욕장은 동해안의 많은 해수욕장 중에서도 수심이 얕기로 유명하다. 한참을 걸어 나가도 허리 높이일 때가 많다. S콘도의 로비 라운지가 둥글게 바다의 콧등까지 나와 있는 그곳은 동해 바다를 바라보기가 안성맞춤이다. 드넓은 바다와 바로 마주 앉은 느낌이 든다. 거센 파도를 몰고 와 사정없이 눈앞에 퍼붓고 가는 푸른 피가 끓는 바다!

그 젊은 바다를 만나고 싶을 때 나는 이곳을 찾는다.

멀리 태평양의 푸르고 넓은 바다가 싱싱한 얼굴로 내 코앞에까지 와서 넘실거린다.

숨이 멎을 듯 벅찬 감동이 나를 살아 있게 한다.

동해 바다는 태평양의 웅혼함과 푸른 기개가 있다. 색깔이며 모습이며 대양을 스쳐 온 풍모와 위엄이 있다. 초원을 달리는 말갈기 같은 푸르고 흰 파도를 가슴 가득 안고 오는 동해의 젊고 건강한 저 눈부신 몸짓! 바다를 바라보다 물빛에 취한 나는 거침없이 맨발로 백사장으로 내려온다. 이심전심 덩달아 취한 바다가 내 앞에 사정없이 몸을 던진다. 피할 겨를도 없이 치맛자락이 물에 젖고 그렇게 쫓고 쫓기고를 거듭한다. 어느 시인의 시구처럼 술은 내가 마셨는데 취하기는 바다가 취했나 보다. 나는 지쳐 백사장에 널브러지듯 주저앉는다. 바다는 쉬임 없이 은빛 파도를 몰고 오고 지친 나도 망연히 파도가 돌아가는 뒷모습을 쫓는다. 바다는 뒷모습도 아름답구나! 하얀 양 떼들을 몰고 가는 저 아름답고 당당한 뒷모습! 나는 언제쯤 몸도 마음도 건강한 저런 당당한 발걸음일 수 있을까.

은빛 파도가 맨발을 간지럽힌다. 붉게 칠한 페디큐어가 물속에서 보석인 양 빛난다.

그러던 어느 순간 나는 나를 향해 열려 있는 낯선 카메라의 앵글을 느꼈다. 내 행동을 카메라에 담고 있는 듯했다. 나는 무슨 나쁜 짓을 저지르다 들킨 아이처럼 낭패한 표정으로 그를 바라보았다. 아이도 아닌 주름살 늘어가는 중년의 여인이 맨발로 바다와 장난질하는 그 애꿎은 장면을 들켜버리다니……. 창피하고 부끄런 마음이 파도가 된다.

"물속 발이 너무 아름다우셔서요." 그는 웃고 있었다. "천진한 아이 같은 모습도 바다와 너무 잘 어울리시고요." 칭찬인지 한심하다는 뜻인지 분간이 안 된다. 나는 한참 동안 말도 하지 못한 채 난감한 표정으로 그를 바라보고 있었다. 내 떨떠름하고 어정쩡한 표정에 그도 당황했는지 카메라를 접고 나에게로 다가왔다. 나는 그가 주워 온 물에 젖은 샌들을 받아 들고 어이없이 웃을 수밖에 없었다. 우리는 그렇게 어정쩡하게 라운지의 테이블에 마주 앉았다. "계신 곳을 알려주시면 오늘 사진을 보내드리겠습니다."

우리는 영원하고 사랑도 그렇다

그렇게 그와 나는 만났다. 사진을 찍는다고 했다.

설악에 피는 야생화로 화집을 내고 싶다고 했다.

울산바위를 얘기하는 그의 언어는 갓 건져 올린 미역 줄기처럼 싱싱하다.

울산바위, 속초에서는 어디서 바라봐도 그 잘나고 멋진 바위가 보인다.

금방 하늘을 향해 솟아오를 듯 사뭇 남성적인 근육질로 단단히 뭉친 높은 기상의 빼어난 바위! 금강산을 만드느라 세상의 잘난 바위들을 불러 모을 때 울산에서 제일 잘난 바위를 가져가던 신선이 이곳 속초에서 잠깐 쉬는 사이 금강산 일만 이천 봉은 이미 완성이 되었다고 했다. 울산바위의 전설을 얘기하며, 그는 고성 가는 길 산 밑에 작은 농장이 딸린 작업실을 갖고 있다고 했다.

"건강이 안 좋은 아내를 위해 장만했는데……." 그는 말끝을 흐렸다.

다음 날 그는 정확한 시간에 약속 장소에 나와 있었다.

바다가 만들어준 바닷빛 인연의 날개를 달고 우리는 동해의 구석구석 작은 어항들을 뒤지고 다녔다. 작은 고깃배에 삶의 터전을 건 바닷사람들의 해풍 같은 싱싱한 얼굴들을 만났다. 태평양을 스쳐 온 잘난 파도의 푸른 갈기를 보며 해안 도로를 오르내렸다.

카메라의 앵글을 따라 길가의 야생화를 담고 비선대를 오르고 울산바위를 올랐다. 바다가 만들어준 날개가 파도를 넘고 산맥을 넘었다.

그가 손수 만들었다는 도시락은 나를 더욱 만족시켰다. 도시락을 꺼내면서 얼핏 보인 푸른색 비닐봉지들! 나는 뒤통수를 한 대 얻어맞은 듯 비명을 지를 뻔했다. "아! 이 사람이었구나!" 허기진 눈으로 그를 바라보는 내 당혹함에 그가 더 놀랐다. "아! 그거요? 찬거리를 사러 새벽 시장에 옵니다. 새벽 바다를 좋아해서 매일 거르지 않습니다. 오는 길에 들른 것뿐인데……."

날개를 가진 우리들의 비상은 바다의 물빛보다 더 싱그러웠다.

이집트를 얘기하고 티베트를 얘기했다. 조르바를 얘기하고 반 고흐를 얘기하고 로댕의 여자를, 프리다 칼로를, 레이첼 카슨을, 에밀리 디킨슨을, 그가 찍는 야생화를……. 파도처럼 잔잔히 어느 땐 파도처럼 거세게 큰 소리로 떠들었다.

사랑에 대해서, 사랑의 상처에 대해서. 죽음에 대해서, 신에 대해서, 우리들의 자존에 대해서 끝없는 얘기들을 나눴다.

바람과 파도가 슬그머니 다가와 우리들의 난상토론에 합세하기도 했다.

우리는 기꺼이 그들과 합류하기를 즐겼다.

설악의 영봉들보다 더 아름다운 드넓은 신평벌에 억새가 피기 시작할 무렵, 그는 서울로 갔다. 치료차 미국의 친정에 가 있던 아내가 지병이 더 악화되어 돌아온다고 했다.

우리는 영원하고 사랑도 그렇다

그가 떠나가고 보내오는 편지는 동해 바다의 잔물결만큼이나 안쓰러웠다.

그의 아픈 사연들이 가슴 한가운데 물고랑을 낸다. 그때 우리는 왜 이별에 대해서 말하지 않았었을까. 서로가 두려워 건드리고 싶지 않은 것은 아니었을까.

더 이상 지속되었다면 너무 뜨거워 심장이 녹아내렸겠지…….

새벽 바다를 좋아한다던 그 남자! 그가 보낸 진홍빛 사연들을 모래톱에 묻는다. 모래 속에 묻힌 푸른 글씨들이 물결에 잦아들어 훗날 내가 다시 이곳에 왔을 때, 그리웠다고, 사랑했다고, 바닷빛 그리움의 얼굴로 말해줄 수 있을까. 안녕! 푸르고 아름답던 나의 날개여!

돌아가지 못한 갈매기 한 마리 하늘에 원을 그리고 파도가 저만큼 야윈 뒷모습을 보인 채 쓸쓸히 떠나가고 있다.

그리움이 거기 머물고 있었네

― 양구 박수근미술관 관람기

하얀 돌들이 서로 몸을 맞대고 엮어가는 한 소절 빛의 소나타. 선과 색과 소재가 자연과 어우러지며 일궈내는 눈부신 한 편의 소묘다.

양구 박수근미술관! 그렇다 그것은 정녕 아름다운 한 소절 세레나데다.

우리들 가슴속에 아픈 울림으로 각인되어 있는 애조 띤 그의 그림의 성향과 맥이 닿아 있는 듯 화려하지 않으면서 눈부신 한 폭의 아름다운 풍경이다.

시대적인 궁핍과 문화적인 가난으로 빛을 보지 못했던 불우했던 한 천재 화가가 이제야 넉넉한 자연 앞에 서서 연주하는 한 소절 맛깔스런 음악이다.

우리는 영원하고 사랑도 그렇다

아득한 들녘, 멀리 가까이 높고 낮은 산들과 숲이 보이고 논밭이 보인다.

이 한없이 넓어서 넉넉하고 너그럽고 푸근한 공간!

잔디가 있고 뒷산 계곡을 흘러온 시냇물이 미술관의 품안으로 들어와 있다.

작은 공간 하나도 소홀함이 없다. 미술관이라는 건축물, 그 자체만으로도 수준 높은 작품이자 아름다운 조형물을 만들 수 있다니…….

강원도 양구, 한 번도 와본 적이 없는 이 오지에서 만나는 행복한 충격!

그것은 분명 아름다운 충격이었다. 달의 옷자락인 듯 희고 둥근 건물의 선을 따라가다 보면 어느새 피카소의 날카로운 선으로 이어지는 미술관의 우아하고 아름다운 공간, 그의 그림 몇 점과 드로잉, 사진첩, 편지, 초기화가 전시되어 있는 전시실, 시골 초가집, 장작불 화로가 있는 따사로운 안방에 초대된 듯 아늑하다. 이 평화로움은 어디서 오는 걸까.

그가 그렸던 헐벗은 나무들은 부활하여 꽃과 잎들을 다시 피워낸 듯 푸르르고 맑은 냇물이 흘러가는 그의 발밑에 적당한 크기의 흰 건물이 사뿐히 앉아 있다. 그를 아끼고 그리워하는 이들이 정성과 사랑으로 일궈낸 정갈한 화폭이다. 시냇물 도란거리는 소리를 화가의 안방까지 끌고 온 건축가의 애정 어린 시선도 눈물겹게 아름답다. 미술관 뒤편 낮은 언덕 잔디 위에 박수근 화백은 무르팍을 끌어안은 편안한 자세로 모처럼의 망중한을 즐기고 있었다.

뒷산 계곡을 흘러내려 미술관의 허리춤을 관통하는 작은 시냇물은 그의 품으로 스며들어 계절마다 온갖 야생화들을 피워내리라. 어디서 날아왔는지 민들레 몇 포기가 망중한을 즐기고 있는 화가 옆에 옹기종기 피어 있다.

우리나라 지도를 놓고 사각형을 그린 후 가장 한가운데, 즉 중심이 되는 곳이 이곳 양구 정림리, 라고 한다. 이 지점이 화성(畫聖) 박수근의 탄생지이다.

태백의 줄기가 당당하게 뻗어내려 우리나라의 가장 중심을 이룬 곳, 즉 인체로 치면 배꼽 부분이다. 그 정점에 미술관은 자리하고 있다.

한국 미술사의 큰 별인 박수근을 탄생시킨 이곳에 주민들이 그를 위해 마련한 이 아담한 미술관은 그의 그림을 닮은 듯 빛나지 않으면서도 빛을 발한다.

허물지도 파헤치지도 않은 넉넉한 공간, 이 의미 있는 공간을 전연 훼손하지 않고 우리에게 아름다움이 무엇인지를 보여주는 미술관! 빛이 없어도 남루가 보이지 않고, 소리가 없어도 풍요로이 소리가 들리는…… 이렇듯 더운 가슴을 통과한 정성이 모아진 곳은 따뜻하고 아름다운가 보다. 뒤편 언덕 위, 작은 산봉우리를 올라가면 우거진 잡목 사이로 그의 묘소가 보인다. 한 많은 그의 생을 이곳에 모신 것은 더욱 인간적이다. 잘 정돈된 당신의 미술관을 내려다보며 얼마나 흐뭇하실까. 공연히 눈시울이 붉어진다.

고대 그리스인들은 델포이를 세계의 배꼽이라 여겼었다. 그래서 그들은 그곳에 신탁소를 차리고 옴팔로스라는 배꼽을 상징하는 돌을 세워놓았다.

그러나 한없이 척박하고 경사진 돌산, 그 협소하고 삭막하던 그곳이 세계의 중심이라고 여겨지는 것이 나는 얼른 수긍이 가지 않았었다.

백두대간이 크고 웅혼한 산맥을 이루며 뻗어내려 한반도를 지키는 태백산맥, 그 태백의 맑고 큰 기상과 정기가 뭉쳐 머물고 있는 곳, 그 응축된 수려한 정기가 모이고 고여 근대 한국 미술의 큰 획을 긋는 걸출한 화가 박수근을 탄생시켰나 보다.

얼마 안 되는 화구(畵具) 값으로 지불되어야 했던 그의 그림들을 생각하면 가슴이 아리다. 그 불우했던 시절을 묵묵히 건너온 화가의 회색빛 발자욱들!

그가 남긴 화폭의 풍경들은 아프고 고달팠던 우리 삶의 맨발의 흔적들이다.

소리 없는 상처들이다. 흰옷을 입은 여인들이 말없이 잎 진 나무 밑을 스쳐 지나간다. 화폭에는 눈물과 한숨과 정한이 그가 짓이긴 물감보다 더 두꺼운 두께로 배어 있다. 화폭 가득 입히고 닦아내고 입히고 닦아내고 또 그려야만 만날 수 있었던 길, 그가 스스로 개척하고 즐겨 사용했던 마티에르 기법!

그것은 우리가 사랑하는 화가 박수근만의 그리움만은 아니다. 가난하고 고달팠던 그 시절을 거쳐온 우리 모두의 그리움이요 향수다.

눈을 감고 바라봐도, 바라보다 돌아서도 안쓰런 정한이 우러나오는 침묵의 화폭. 어둡고 암울했던 그 시절, 끝 모를 긴 터널을 지나오며 그는 애절한 마음을 짓이겨 캔버스 위에 쏟아부었으리라.

쏟아붓고 쏟아붓고, 찢기고 그 공허하고 힘든 마음의 지평 위로 길을 내고 하늘을 열고 나무를 심고 그리운 이들의 얼굴들을 하나하나 그려갔으리라. 포효하지 못한 눈물과 함성을 짓이겨 바탕에 칠하고 표시 나지 않게 또 입히고 또 입히고 지우고 아무렇지도 않은 듯 그렇게 그는 암울했던 내면을 담담히 화폭에 담아갔으리라.

그가 사랑했던 사람들의 마을, 잎 진 나무가 있고 아이들이 있고 흰옷 입은 여인들이 있다. 낡은 초가집이 보이고 빨래하는 여인들이 있고 장기 두는 노인들이 있다. 그건 분명 불우했던 화가가 우리 모두에게 보내는 눈물겨운 연서다. 지워지지 않는, 처절한 그리움이 배어 있는 연서다.

전시실 뒤편 낮은 언덕에 박수근은 발아래 흐르는 작은 물소리를 들으며 맨발로 앉아 있다. 우리 미술사에 큰 발자욱을 남긴 박수근, 그가 맨발에 검정 고무신을 신고 앉아 있는 잔디 위에 나도 그렇게 앉아 있고 싶다. 그가 그려간 여인들처럼 그렇게 그의 곁에 앉아 그 회색빛 바람의 실타래들을 바라보고 싶다. 그가 즐겨 그렸던 잎 진 나뭇가지에 부활하듯 잎이 돋아나고 꽃비가 분분히 내리는 어느 봄날 나는 이곳에 다시 오리라. 다시 와서, 맨발의 그의 곁에 앉아 잃어버렸던 그리운 얼굴들을 불러 모아 이 아름다운 미술관 한편에 걸어두리라.

사랑은 철저히 두 남녀만의 사적인 관계라
한쪽이 잘못돼도 뭐라고 함부로 단죄할 수는 없다.
그런데도 나는 오랫동안 그를
생물학적인 남자로서 용서할 수는 있지만
내 뇌리에선 사라지지 않았다.

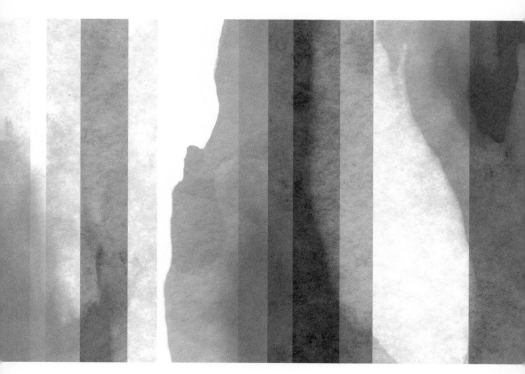

오 현 정

벼랑 끝에 핀 하프꽃

오현정

경북 포항에서 태어나 숙명여자대학교 불어불문학과를 졸업했다. 1989년 『현대문학』 추천이 완료되어 작품 활동을 시작했다. 시집 『몽상가의 턱』 『광교산 소나무』 『고구려 男子』 『봄온다』 『물이 되어, 불이 되어』 『에스더 편지』 『마음의 茶 한 잔·기타 詩』 『보이지 않는 것들을 위하여』 등이 있다.

벼랑 끝에 핀 하프꽃

결혼기념일을 앞두고 남편과 함께 4박 5일 괌 여행을 갔다. 이틀째 되는 날에 1번 마린드라이브를 따라 북쪽 34번 도로를 달리다 건비치 해안에 있는 '사랑의 절벽' 전설이 있는 곳에 닿았다. 가이드의 설명을 들으며 불그스레한 동으로 만든 차모르 원주민 연인 상을 보는 순간이었다. 갑자기 오래전 기억 속의 그와 그녀가 내 곁으로 오는 듯 파노라마처럼 스쳐갔다.

이 순간 남편은 무슨 생각을 하고 있을까? 큰 죄라도 지은 것처럼 내 속내가 드러날까 염려스러웠다.

예부터 머리칼에 영혼이 있다고 믿은 사람들이 머리칼을 함께 묶고 죽음도 동행했다고 한다. 괌 전설 속의 이루지 못한 사랑이 다음 세상을 기약하며 절벽에서 뛰어내리는 장면을 상상했다. 그런데 왜 하필이면 그녀와 그가 떠올랐는지 고개를 흔들며 떨쳐버리고 싶었다. 짧은 일정으로 가볍게 바닷바람을 쐬며 쉬고 싶어 왔는데 별로 생각하고 싶지 않은 그들이 나의 내면에서 꿈틀대는 게 너무 싫었다.

대학을 졸업하고 출판사에 근무할 때였다. 외무고시에 막 합격해 출세가도를 달리던 고향 친구 오빠가 내 동창들과 미팅을 하자고 했다. 우리 집 뒷동네에 살던 그 친구네 집은 가난했지만 두 오누이는 공부를 아주 잘했다. 그 오빠는 대학 4년 내내 자기 학교 신문을 자랑하듯이 미학이나 철학 책과 함께 보내주며 집요하게 나에 대한 관심을 끄지 않았다.

그때만 해도 나는 잘난 것도 없으면서 자존심만 높아서 어지간한 남자는 눈에 들어오지도 않았다. 더군다나 외무고시에 붙으면 같이 프랑스로 가자는 말을 입버릇처럼 말해 결혼은 꿈도 꾸지 않았던 나는 그를 어떻게 피하나 하는 생각만 하던 때였다. 그는 뭔가 하나라도 더 엮어서 한 번이라도 더 나를 보려 했고 나는 까딱하다간 그가 쳐놓은 그물에 걸릴 것만 같아 불안했다. 한 남자의 뒷바라지로 여자의 일생을 보내다니 말도 안 돼, 우선 피하고 싶은 궁리만 했기에 같이 공부하며 상생한다는 것은 생각조차 못했다.

아! 잘됐다. 나는 우리 과에서 제일 섹시하고 은근 바람기도 있지만 세상살이엔 순진하고 착한 게다가 부잣집 외동딸인 민영이를 포함한 몇 명을 그쪽에서 요구한 조건과 인원수에 맞춰 약속한 오비스 캐

우리는 영원하고 사랑도 그렇다

빈으로 나갔다. 그날의 분위기는 불문학사인 우수한 미인들의 미소로 부드러웠고 앞날이 보장된 명문대학 출신 신랑감들로 화기애애했다. 아니나 다를까 그 오빠는 민영이를 보자마자 바로 꽂혔다. 그럼 그렇지, 남자들이란 역시! 나는 일단 내 계획이 성공한 듯이 쾌재를 부르며 깔끔하게 짝을 지워주고 나왔다.

바로 다음 날 그가 너무 즐거웠고 고맙다는 전화를 했다. 민영이에 관해 이것저것 묻기에 "걔네 엄마가 빨리 시집보내려 하나 본데 잘해 보세요." 하고 전화를 끊은 게 마지막 통화였던 것 같다. 그 이후 그도 그녀도 내게 한 통의 전화도 없었다. 나는 귀찮을 정도로 핑계를 대며 내게 집중하던 그가 떨어져나가자 우선 만나자 할 때마다 어떻게 하지? 하는 강박감이 사라져서 좋았다. 그런데 오래도록 둘 다 연락이 없자 궁금해졌지만 그 누구에게도 묻지 않고 참았다.

그렇게 한 해가 다 가려는 바람 불고 추운 겨울날 민영에게서 만나자는 전화를 받았다. 발랄했던 목소리는 신중하게 가라앉아 있었다. "나 모레 미국 가. 선본 교포 의사와 결혼하기로 했어. 엄마의 강권이긴 하지만. 그동안 고마웠어. 네 덕분에 진정한 사랑을 알았어." 핼쑥하게 야윈 얼굴로 내 손을 잡으며 민영이 말할 때 대충 짐작은 했지만 "무슨 말이니, 진정한 사랑은 또 뭐고?" "응, 나 결혼은 다른 사람과 하지만 그 사람 정말 사랑해. 너를 많이 좋아한 것 같은데 어쩜 넌 그런 사람을 마다했니? 너무 너무 낭만적이고 친절하고, 아는 것도 많고 재밌어. 날 항상 웃게 해줘. 어제도 기타 치고 내가 좋아하는 노래를 불러줬어. 하루 종일 떨어지기 싫어 헤어질 땐 눈물이 절로 나왔어." 촉촉이 젖은 눈으로 민영은 꿈길을 헤매듯 중얼거렸다. 몸매도 얼굴 못지않게 매력적이던 민영의 야윈 어깨를 두드려주며 "그 오빠가 네 맘 같은 줄 아니? 다 잊고 가서 잘 살아." 하며 찻집을 나서 돌아가는 그녀의 뒷모습을 본 게 마지막이었다.

지금의 나라면 당장 그에게 전화해서 뭐라고 한마디 했을지도 모른다. 하지만 그때만 해도 내 자존심상 그럴 수 없었다. 그렇게 날 쫓아다녔으면 천 년이든 만 년이든 기다려야 그게 진정한 사랑이지, 어쩜 한순간에 마음이 돌아설 수가 있지. 하도 관심을 가져주니까 내 스타일은 아니었지만 어쩔까 했는데, 괘씸하고 서운한 이 기분은 도대체 뭐란 말인가. 별로 좋아하지 않았는데도 내가 받을 사랑을 보태서 민영이 더 행복해하는 것 같아 보였다. 그런 스스로에 대해 더 화가 나 억지로 냉정하게 나를 누르고 있었다. 남자들이란 절대 믿을 수가 없어. 그 이후에도 몇 번 사랑하고 싶은 사람이 나타날 때마다 그들이 좋아할 만한 미인을 데리고 나가 먼저 시험을 해보는 야릇한 버릇이 생겨 나의 연애는 거의 실패로 끝났다.

그의 동생인 친구조차도 오빠에 대한 얘기는 꺼내지도 말라며 딱 잘랐다. 네가 우리 오빠의 프러포즈를 받아줬으면 불여우 같은 유부녀가 자기 오빠의 장래를 망칠 일은 없었을 거라며 오히려 날 원망하는 눈치여서 서로 점점 사이가 멀어졌다. 나는 그 둘의 소식이 끊어진 게, 아니 어쩌면 둘이 머리칼을 묶고 사랑의 절벽에서 뛰어내렸을지

우리는 영원하고 사랑도 그렇다

도 모를 책임이 전적으로 내게 있다는 죄의식을 한동안 떨쳐버릴 수가 없었다.

그런데 몇 년 후 민영은 이혼 후 떠돌다 자살했고 그는 미모의 젊은 여자와 결혼했다는 소문에 깜짝 놀랐다. 진정한 사랑이라고 좋아하더니, 민영아, 너는 네 자신에게 속은 거야. 나는 자괴감이 몰려와 한동안 넋을 잃고 멍했다.

그때부터 남자를 믿지 못하는 이상한 버릇이 생겼다. 하지만 그는 사랑에 실패하고서도 새로운 삶을 열심히 개척하는 아름다운 사람이 된 것이다. 어쩌면 민영인 사랑해요만 하다 안녕이란 말도 제대로 못 하고 떠났을 거다.

사랑은 철저히 두 남녀만의 사적인 관계라 한쪽이 잘못돼도 뭐라고 함부로 단죄할 수는 없다. 그런데도 나는 오랫동안 그를 생물학적인 남자로서 용서할 수는 있지만 내 뇌리에선 사라지지 않았다.

여행을 하다 다정한 연인들을 보면 문득 문득 그 두 사람이 생각난다. 맹목적일 때 가장 순수했을 민영의 그 진정한 사랑이 벼랑 앞에선 모두가 환상이었고 착각이란 걸 알았을까? 에로스의 화살을 현실 앞에서 스스로 뽑아버리고 왜 차갑게 헤어지지 못하고 혼자 그 뜨거움을 안고 갔을까.

나는 그 두 사람이 내 기억 속에서 차츰 사라지도록 트라우마가 걸리는 일과 사람을 일부러 피했다. 정신적으로 무척 건강하다고 자부하는 지금도 사랑에 관한 주제를 받으면 늘 망설여진다. 내가 과연 사랑에 대한 글을 쓸 자격이나 있을까? 시인이 가져야 할 포괄적인 사랑은 자연을 바라보며 범우주적인 사랑을 논해야 하지 않을까. 사랑은 인간과 영원히 더불어 가야 할 주제라며 에둘러 써버리곤 했는데 또 사랑이라니! 이번엔 들꽃 사랑이라도 쓸까 했는데 아프고 부끄러운 이야기를 쓰고 말았다.

이 글을 쓰는 내내 그와 그녀가 나를 비웃기라도 하듯 사랑의 절벽 앞에서 피하기만 했던 나에게 이렇게 외치는 듯했다. 바보야, 사랑은 우리처럼 하는 거야. 영혼이 하나라는 걸 고뇌와 기쁨으로 확인하며 절망하더라도 온몸으로 나아가는 거야. 절벽 아래 파도 소리가 해풍을 타고 환청으로 내 귀를 때렸다.

자연과 우주의 신비에 관심을 가지고 여행을 사랑하는 건 나의 내부에 숨어 있는 그들에 대한 죄의식과 아픔 때문이 아니었을까? 특정한 사람과 친밀해지기를 두려워하면서도 그런 관계를 더욱 열망해온 건 아닐까? 그 어느 여행길보다 많은 생각을 하게 한 사랑의 절벽 앞에서 나는 가슴속 뻐꾹새 울음소리를 들었다.

내 친구 민영에게 바치는 이 시를 깊고 푸른 남태평양 바다에서 저릿하게 건져 올렸다.

건비치 해안 따라 달리다 '사랑의 절벽'에 올랐다
전망대 모서리 난간에서 탁 트인 수평선을 내려다보니

우리는 영원하고 사랑도 그렇다

아찔한 구전이 파도의 그라데이션을 일으킨다

대학 졸업 후, 괌으로 배낭여행 갔다가
영 돌아오지 않았던 내 친구 민영이
연리지인 양 차모르 처녀 총각 조각상으로 서 있는 듯하다

부모의 혼사 반대로 쫓기는 파랑새 두 마리
뒤쫓는 신랑감 스페인 장교와 부하들을 피해
막다른 절벽 아래로 몸을 던졌다는 괌 전설처럼

민영이도 그 사내와 가슴을 맞대고
두 눈을 눈물 없이 감았을까
넋이 숨어 있다는 머리카락 해풍에 나부끼며
두 손을 꼭 잡고 하나로 동여매고 뛰어내릴 때
꽃목걸이 걸어준다는 꽃들은 어디쯤 피고 있을까

하트판 맹세엔 뭐라고 썼을까?
자물통을 꽁꽁 채운 뒤
다음 세상에서 이루자던 열매
종 줄을 단숨에 당길 때 뻐꾹새 뻐꾹 뻐꾹
누군가의 뼛속 깊이 다시 들린다는 것을 알았을까

차모르의 바닷새 한 쌍처럼
지금 바로 내 눈 앞에 왔다가 사라지는

살갑던 내 친구 민영아

— 오현정, 「절벽의 비밀」 전문

내 마음속 한편에 자리를 차지하고 있던 비밀을 이제는 넓은 바다로 놓아 보내주고 싶었다. 여행에서 돌아오자마자 졸시 「절벽의 비밀」을 무슨 중대한 비밀이라도 고해성사하듯이 경건한 마음으로 썼다. 에메랄드빛 바다에 두 개를 합쳐야만 온전한 원형을 이루는 하얀 반쪽 하프꽃을 띄운다. 내 안에 쌓여 있던 응어리들이 풀어지는 듯 물결을 타고 다른 반쪽 꽃잎을 만나려 일기를 뒤척인다.

소포클레스가 말한 대로 삶의 무게와 고통에서 자유롭게 해주는 한마디 말은 역시 사랑이다. 나는 그 두 사람 때문에 괴로웠지만 그들의 용기와 열정을 내내 부러워하면서도 어쩐지 나를 다 드러내고 지는 게 싫어 꽁꽁 숨기며 살았는지도 모른다.

이 시를 나의 제8시집 『몽상가의 턱』에 넣었다. 내가 다른 사람을 사랑하지 못하게 하는 편견을 버리고 다른 사람이 나를 사랑할 수 없게 만드는 오만을 버리기 위해 또 다른 진솔한 시를 써야겠다고 다짐해본다.

나이 차이가 많고 잔정이 없어 보이는
큰오빠는 어렵고 통 재미가 없다.
아기자기한 맛이 없이 무뚝뚝해서 서먹하기도 하다.
어쩌다 찾아가도 "왔니", "잘 가라" 한마디뿐
따뜻한 말들은 말없음표 속에 숨긴다.
우리는 그런 오빠를 맛도 멋도 없다고 흉본다.

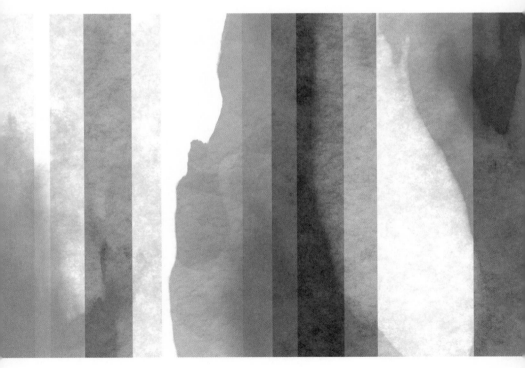

이주희

대방장승 | 낡은 시계

이주희

서울에서 테어나 2007년 『시평』으로 작품 활동을 시작했다. 시집 『마당 깊은 꽃
집』이 있다.

대방장승

　"나 혼자 다녀서는 이놈 원수 못 갚겠다. 대방전(大方前)에 찾아가서
이 원정(原情)하오리다." 경상도의 산로(山路)를 지키는 장승이 변강쇠
에게 조각나고 부엌 속에 재 되어 원통한 심사를 바로잡아달라고 대
방장승을 찾아나서는 대목이다.

　우두머리 장승이 있던 장승배기를 지날 때마다 칠순을 훌쩍 넘긴
큰오빠를 떠올린다. 조용한 성품에 눈웃음이 가득해 온화한 얼굴엔
주름이 들어차 말끔하게 차려입어도 영락없는 할아버지다. 마흔 중반
인 아들에 중학교 다니는 손녀가 있으니 당연하겠지만, 내 기억 속에
는 서른 살 새신랑의 늠름하고 말쑥한 모습만 남아 만날 때마다 새삼
스럽다.

　맏이는 부모 대신이라는 아버지 말씀에 오빠와 터울이 많이 지는

동생과 나는 명절 때면 세배를 했다. 그리고 나이가 많아 학교 출입을 꺼리는 엄마 대신 오빠가 학부형 노릇을 했다. 젊은 엄마들이 학교에 오면 부러웠고 나는 부모 없는 고아처럼 느껴져 공연히 속이 상했다. 그러다 내 아이들이 학교에 입학한 후에야 미혼인 오빠가 동생들 학교에 드나드는 일도 어지간히 머쓱하고 당혹스러웠으리란 생각이 들었다.

중학교 입시를 위한 면담에도 큰오빠가 나섰다. 예비소집 때는 시험 볼 학교에 너무 일찍 도착해서 오빠는 좁은 골목길을 사이에 둔 재동초등학교에 갔다. 교정에 있는 나무를 보며 밑동도 몰라보게 굵어지고 튼실하게 잘 자랐다고 흡족하고 대견해했다. 20년 만의 해후였으니 감회도 깊었을 것이다. 애아버지인 큰오빠에게도 꼬마 시절이 있었다는 사실이 실감이 안 날 만큼 신기했다. 시험을 치르고 합격자 발표를 보러 갈 때도 오빠는 수고를 해주었다. 덕분에 '동란둥이의 영광'이라는 감격스러운 문구 밑의 내 이름도 마주할 수 있었다.

야단치는 일이 별로 없어도 말수가 적어 어렵기만 한 오빠는 성격이 차분하고 꼼꼼하여 손재주도 좋았다.

중학교 입학원서에 찍기 위해 필요하다고 학교에서 단체로 목도장을 맞췄다. 다들 처음 가져보는 도장에 신이 나서 들떠 있었다. 엄마는 집에 지천으로 굴러다니는 게 목도장이니 새기지 말라고 하였다. 아무리 도장이 산더미만큼 많아도 내가 볼 시험인데 어떻게 남의 것을 찍으라고. 천덕꾸러기에게는 그까짓 몇 푼 안 되는 도장 값마저 아까운가. 이해하려 할수록 야속하기만 했다. 친구들이 도장 값도 못 낼 만큼 가난한 집 딸이라고 흉보며 무시하는 것 같아 학교에도 가기 싫었다. 도장을 받아들고 자랑스레 떠들어대는 친구들 틈에서 주눅이 들어 집으로 돌아온 날 뜻밖에도 오빠가 새긴 도장이 나를 기다리고 있었다. 안 쓰는 도장의 윗면을 칼로 감쪽같이 도려낸 뒤 샌드페이퍼로 곱게 문지르고 내 이름 석 자를 새긴 것이었다. 획이 비뚤어지지도 않고 곧게 쭉쭉 뻗어 근사했다. 이름이 잘못 새겨져 시무룩해진 친구도 더러 있었는데 오빠의 애틋한 마음이 깃들어서인지 한껏 소중했다. 감탄한 나는 오빠가 고맙고 존경스러워졌다.

미술 시간이나 실과 시간에도 오빠의 솜씨는 여지없이 발휘되었다. 수업 준비물은 학교 앞 문방구에서 세트로 팔았지만 그것이 비싸다고 손수 마련해주었다. 나무로 된 원판의 양쪽에 납작한 다리를 끼우고 색종이나 알록달록한 잡지를 뜯어 붙인 후 니스칠로 마무리를 해서 화분받침을 만든 적이 있었다. 그때도 오빠는 못 쓰는 송판을 재활용하여 원판과 다리를 정성스레 만들어주었다. 친구들 것과 크기나 모양도 똑같고 톱질과 대패질을 하고 샌드페이퍼로 야무지게 문질러 오히려 더 매끈했다. 선생님께 칭찬을 들은 나는 우쭐했다.

나이 차이가 많고 잔정이 없어 보이는 큰오빠는 어렵고 통 재미가 없다. 아기자기한 맛이 없이 무뚝뚝해서 서먹하기도 하다. 어쩌다 찾아가도 "왔니", "잘 가라" 한마디뿐 따뜻한 말들은 말없음표 속에 숨긴다. 우리는 그런 오빠를 맛도 멋도 없다고 흉본다. 하지만 빙산이 보이는 부분보다 물에 잠겨서 안 보이는 부분이 몇 배 더 큰 것처럼 표현은 안 해도 동생들 아끼는 마음이 가없이 넓고 깊은 것을 잘 안다.

낮에도 맹수가 나타날 듯이 숲이 울창하던 고갯길에 어명으로 대방 장승 한 쌍이 세워진 다음 백성들이 안심하고 지나다녔고 정조도 아버지인 사도세자의 능행길 도중 쉬어 갔다고 한다. 백성을 헤아리고 보살피는 어진 임금의 마음과 아버지를 기리는 아들의 지극한 효심이 깃들어 있는 대방장승처럼, 의젓하고 의연하게 서서 마을과 주민을 지키는 장승처럼 큰오빠는 늙어 강대나무같이 여윈 아버지와 우리를 지켜주고 재앙도 막아주리라. 길을 잃고 헤매다 바라보면 길잡이 역할을 해주는 이정표 같은 큰오빠, 어려워 찾아가면 힘을 주고 위기에서 건져주는 수호천사 큰오빠가 있어 든든하다.

우리는 영원하고 사랑도 그렇다

낡은 시계

    어버이날을 맞아 세 딸이 점심을 사드리려고 근처 갈빗집에 갔다. 물기 없이 바싹 마른 몸과 반짝이는 허연 머리칼 밑에서 고집스럽도록 형형한 눈을 가진 아버지가 낯설어 보였던지 할아버지 몇 살이시냐며 일하는 아줌마가 말을 건넸다. 두 눈만 깜박이는 아버지를 앞지르며 답답해 못 견디겠다는 듯 재빨리 내가 아흔두 살이라고 대답했다. 아주머니는 8년만 더 살면 백 살이 되니까 텔레비전에 나오시겠다며 그때도 꼭 다시 오시라고 덕담을 했다. 아줌마 말에 아버지는 으쓱해져서 옛말에 인생칠십고래희라는 말이 있는데 나는 자식들이 잘 해주어 지금도 이렇게 건강하다고 자랑을 늘어놓았다. 그러고는 얼마든지 자신 있다는 듯이 11년만 더 살면 되는 거 아니냐고 카랑카랑하게 말씀하셨다.

뜬금없이 웬 11년? 세 살은 왜 접는 것인지, 왜 하필 세 살인지 나는 의아했다. 아홉수라고 다들 꺼리는 여든아홉 살이 뭐 그리 좋다고 우기며 그 나이에 집착하는 것일까. 아흔두 살은 그토록 감추고 싶을 만큼 창피하고 거추장스러운 나이로 여겨지는 것일까. 과연 나도 여든아홉 살이 되면 더 이상 나이를 먹지 않고 그 자리에 머물고 싶어질까 하는 생각이 꼬리를 물고 이어져 고개를 갸우뚱거렸다. 그러다가 드디어 나름대로 결론을 내렸다.

큰오빠네 집에서 증손까지 4대가 함께 살던 아버지는 여든아홉 살 되던 해에 갑자기 큰올케가 위암 수술을 받는 바람에 하는 수 없이 작은오빠네 집에서 살게 되었다. 증손의 재롱을 보며 내 집 같은 큰아들네 집에서 큰며느리 손에 밥 잡수시고 손자며느리 시중을 받던 아버지는 작은아들네 집이 남의 집 같고 영 편치 않았나 보다. 그래서 여든아홉 살까지만 행복했었다고 여기는 것은 아닌지. 손자들도 다 자라 직장 다니느라 바빠서 얼굴 볼 일이 거의 없는 작은오빠네 집에서의 생활이 눈칫밥을 먹어야 하는 더부살이로 생각되었나 보다. 그래서 아버지의 마음속 시계는 큰오빠네 집에서의 행복했던 순간이 무궁세월 영원토록 계속되었으면 하는 무의식 속의 강한 바람의 작용으로 여든아홉에서 멈추어버린 것은 아닐지.

갈빗집 벽에는 거물급 정치인의 이름이 새겨진 커다란 시계가 걸려 있었다. 내가 시간을 잘못 본 것일까 하며 한참을 바라본 후에야 분침이 부러져 시침보다 짧아졌다는 것을 알았다. 보는 사람에게 착각을

우리는 영원하고 사랑도 그렇다

하게 해서 그렇지 시계는 째깍거리며 부지런히 잘도 가고 있었다. 서민적인 음식점도 아닌데 망가진 시계를 버리지 않은 주인의 속마음이 궁금했다. 실세라고 알려진 유명 정치인과의 친분을 과시하고 싶었을까. 워낙 알뜰하고 살뜰한 사람이라 잘 가는 시계를 버리기가 아까워서였을까. 시계를 공산품이 아닌 생명체로 여겨 동고동락하며 지내던 살아 있는 목숨을 내버리는 것은 고려장이나 살생이라는 생각에 죄를 짓는 것 같았을까. 무슨 아련한 추억이나 애틋한 사연이 담겨 있어 소중한 기억을 고스란히 간직하고 싶었을까. 여하튼 주인의 의중과 상관없이 열심히 가고 있는 시계가 아픈 몸으로도 꾀부리지 않고 숨이 끊어지는 순간까지 제 할 일 착실히 하려는 착한 머슴 같아 보여서 한편 안쓰러우면서도 마냥 대견하고 기특했다.

따끈한 정종 한 잔 곁들여 상추에 싼 고기를 잡수시던 아버지 눈길이 벽에 걸린 시계에 오랫동안 머물렀다. 그러더니 분침만 갈아주면 멀쩡할 시계를 아깝게 병신을 만들어버렸다고 마뜩찮은 듯이 말씀하셨다. 다리를 잃은 시름도 잊을 겸 소일거리 삼아 시계 수리를 배웠던 아버지는 아직도 집에 보관해두었을 연장들을 가져다 당장이라도 손봐주고 싶은 눈치를 보이셨다.

갈빗집에 걸린 벽시계는 분침이 부러졌어도 째깍째깍 소리도 늠름하고 씩씩했고 시간도 정확하게 잘 맞았다. 말짱한 다리 하나와 다쳐서 의족을 한 다리에 지팡이까지 합쳐서 길이가 각기 다른 아버지의 다리 셋. 서로가 일치되지 않아 아버지는 안간힘을 써도 항상 삐걱거리며 더디게 걸을 수밖에 없다. 비록 걷기에 불편하고 더디고 아프긴 하겠지만 그래도 걸을 수는 있는 것이다. 이렇듯 아버지 몸의 시계는 어긋난 세 다리로도 힘겹지만 뚜벅뚜벅 꾸준히 걸어가는데…… 유교 사상에 흠뻑 젖어 사는 아버지의 마음속 시계는 여든아홉 살에서 느닷없이 뚝 하고 멈추어버렸다. 장자가 아닌 차남 집에서 산다는 이유 때문에 남의 집에서 신세를 진다는 부담감으로 편안하지 않은 마음 때문이리라. 마음만 바꾼다면 세상 모든 일도 뜻대로 바꿀 수 있을 텐데…… 남의 집 벽시계를 걱정하지 말고 당신 마음속 시계나 고쳐서 세월 따라 편하게 나이도 잡숫고 하실 것이지 하는 원망이 문득 일었다.

우리는 영원하고 사랑도 그렇다

아무튼 유품정리사는
망자가 남긴 물건들을 정리하고
필요한 물건은 다시 가족에게 전하는 일을 한다.
그리고 누군가 외롭게 떠난 그곳에
새로운 사람이 들어와 살 수 있도록
집안 단장도 새로 해준다.

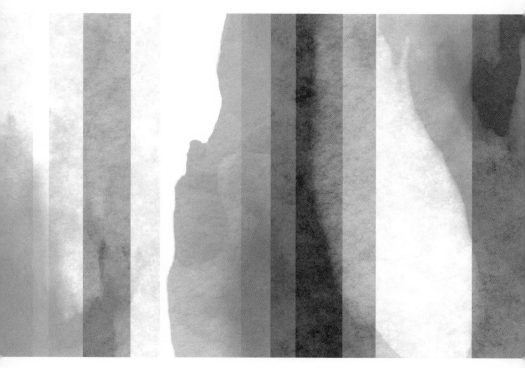

정수자

나의 유품정리사 | 어느 사랑의 품과 격

정수자

아주대학교 대학원 국어국문학과에서 문학박사 학위를 받았다. 1984년 세종숭모
제전 전국시조백일장에서 장원을 받으며 작품 활동을 시작했다. 시집『비의 후
문』『탐하다』『허공 우물』『저녁의 뒷모습』『저물녘 길을 떠나다』 등이 있다.

나의 유품정리사

쓸쓸한 마감이 늘고 있다. 고독사, 새로운 사회문제로 떠오른 지 벌써 꽤 됐다. 그리고 그런 죽음에 따른 새로운 직업마저 생겼다. 이름하여 유품정리사. 아이러니하지만, 고독한 '홀로 죽음'이 있으면 그 뒤를 처리해줄 사람도 있어야 하니 당연한 귀결이겠다.

사실 고독사만 아니라 모든 죽음은 고독하다. 죽는 순간은 누구나 혼자만의 먼 여행을 떠나는 것. 그것도 편도라는 사실을 알면서 누구도 경험 못 한 미지의 세계로 가는 길이 아닌가. 그런 길을 울며불며 배웅한다고 그다지 덜 외롭지는 않을 것 같다. 그래도 사랑하는 얼굴들 속에서 눈을 감는 게 조금은 덜 외로운 이승의 기억이려니 한다. 그래서 객사를 위로하는 굿이 예부터 있었지 싶다.

고독사는 고령화사회의 독거노인 증가에서 늘고 있다. 그런데 노인만 아니라 청년과 중년에서도 독거의 고독사가 간간이 나온다. 대부분 사회에서 오래 소외당했거나 스스로를 깊이 소외시킨 사람들의 마지막 모습이다. 사회가 제도적으로 막아야 할 안타까운 결락이요 고령사회의 화두겠다. 본인만 아니라 고독사를 뒤늦게 알게 된 가족에게 남을 상처 또한 치유가 필요할 듯하다. 간혹 자신의 선택으로 고독을 누리고 택한 마지막 길이라면 적선하듯 보내는 연민 따위는 사절이겠지만 말이다.

유품정리사는 그런 고독사의 현장에 가서 망자의 유품을 정리하는 사람들이다. 우리나라에서는 2012년에 1호가 나올 정도로 새로운 직업인데, 일정 과정을 마치고 자격을 얻어야 유품정리사로서의 활동이 가능하다. 일찍 고령사회로 진입한 일본은 유품정리사의 경험을 책으로 낼 만큼 사회적 준비가 더 되어 있다고 한다. 아무튼 유품정리사는 망자가 남긴 물건들을 정리하고 필요한 물건은 다시 가족에게 전하는 일을 한다. 그리고 누군가 외롭게 떠난 그곳에 새로운 사람이 들어와 살 수 있도록 집안 단장도 새로 해준다.

"망자님, 저희 갑니다."

유품정리사가 일을 마친 후 정중하게 올리는 인사다. 향을 피우며 예를 갖춰 일하는 모습도 그렇지만, 마지막 장면은 특히 감정을 울컥 돋운다. 저 시간이 쓸쓸히 떠난 어느 영혼에게 조금의 위로라도 되었을까. 낯모르는 사람들의 배웅을 받으며 망자는 외로웠던 이승을 좀 더 편안히 떠났을까. 돌연히 떠난 영혼일수록 자기 정리의 시간이 더

우리는 영원하고 사랑도 그렇다

간절할 테니 보는 사람마저 만감에 빠지는 것이다. 그래서 그곳에 혼이 더 머물고 있다면 저 세상으로 좀 더 편히 건너갔겠지, 먹먹해진 가슴을 오래 쓸어내린 기억이 있다.

돌아보면 이 세상에 와서 우리가 쓰고 가는 물건이 참으로 많다. 그런데 돌연사니 고독사의 자리에는 쓰던 물건들이 엉클어진 그대로 남아 있게 마련이다. 자신의 의지와 상관없이 남겨진 물건들은 누군가의 손을 더 기다릴 수밖에 없다. 손때 묻은 시간과 소중한 기억이 다 들어 있는 물건들이 쓰던 채로 남아 있다면 이승을 뜬 영혼이라도 얼마나 꺼림칙할 것인가.

유품 정리를 보며, 생각해본다. 내가 갑자기 세상을 떠난다면? 끔찍한 연상에 집을 나서다 말고 정돈을 다시 하기도 한다. 그럴 때 떠오르는 시가 있다. "언제 팬티를 갈아 입었는지 …(중략)… 산 者도 아닌 죽은 者의 죽고 난 뒤의 부끄러움, 죽고 난 뒤에 팬티가 깨끗한지 아닌지에 왜 신경이 쓰이는지"(오규원, 「죽고 난 뒤의 팬티」)……. 슬며시 터지는 웃음을 물고 자신을 다시 돌아본다.

죽으면 만사 끝인데 뭘! 그래도 나의 유품정리사는 나이길 바라는 마음 간절하다. 그런 마음으로 살면 정리할 것도 별로 없겠지만, 그게 말처럼 쉬운가. 오늘도 정리 못 한 글로 저녁이 어수선하다.

정수자 나의 유품정리사

어느 사랑의 품과 격

바람이 철없이 낭랑하다. 달빛도 명도가 한층 높아졌다. 어느 시인의 절창이 아니어도 아무나 꺼내 그리워하고 싶다. 애틋한 사랑시라도 읽으며 사랑 근처의 심경을 서성거려보고 싶기도 하다.

묏버들 가려 꺾어 보내노라 님의 손에
자시는 창밖에 심어두고 보소서
밤비에 새잎 곧 나거든 나인가도 여기소서

홍랑의 지극한 사랑에 가슴이 새삼 저릿하다. 볼수록 홍랑이야말로 조선을 통틀어 최고 사랑을 한 진짜 여자요 참 시인이 아닐는지. 그 징표는 방금 읽은 명편에 유감없이 나타나니, 시로나 마음으로나 격

우리는 영원하고 사랑도 그렇다

조 높은 사랑이라 하지 않을 수 없다.

이 시조를 보면 탄복이 앞선다. 발상과 이미지, 표현이 두루 빼어난데다 놀랍도록 현대적이기 때문이다. 사랑하는 임을 보내며 그 손에 어떻게 "묏버들" 들려 보낼 생각을 그려냈을까. 어떤 고운 꽃도 아니고 정표로 잘 쓰인 노리개나 머리빗도 아닌 "묏버들"을 "꺾어" 보내겠다니, 돌아볼수록 깜찍하고 촉수 높은 정인(情人)이 아닌가.

버들은 꽂는 대로 자라는 꺾꽂이 나무. 게다가 시의 오래된 단골이니, 홍랑의 마음을 담기에는 퍽 그윽한 그릇이었을 게다. 그뿐인가, '버들 유(柳)'는 '머물 유(留)'와 발음이 같아 중국 시에서도 마음의 중첩에 자주 쓰였다니 그림 같은 선택이랄 밖에. 홍랑이 말로 다할 수 없는 마음을 싣기에는 버들 이상의 정표가 없었을 법도 하다.

그런데 버들도 "가려 꺾은" 나뭇가지를 보낸다. 당연하겠지만 그중 싱싱한 것으로 골라 보내고 그이의 "자시는 창밖에" 잘 묻어두면, 곧 새잎이 파릇이 돋으리라. 그렇게 새잎이 나거든 나인가도 여겨달라니, 애틋하기 짝이 없다. 여기서 "곧"과 "도"라는 표현이 또 마음속 깊은 안섶으로 착 감긴다. "곧"이 버들잎으로라도 임을 어서 만나고 싶은 조급함이라면, "나인가도"의 "도"는 '나인지 아닌지' 하다가도 꼭 "나"로 여겨달라는 애원만 같다. '나인가'와 '나인가도'의 오묘한 차이가 무릎을 치게 한다.

다시 보면, "도"라는 토씨에는 새잎을 '나'로 여기지 않아도 괜찮다고 짐짓 새침을 달아놓은 것 같다. 하지만 그럴 리가, 조금만 들여다

봐도 쓰개 속의 살며시 내리깐 눈초리 같은 속내가 금방 짚인다. 그러니 "나인가도"가 실은 꼬옥 나로 여겨달라는 귀여운 협박을 살짝 돌려 말한 게 아닌지! 본래 버들은 낭창거리는 맛이 일품이니 그런 마음의 낭창거림을 더 겹쳐 읽게 감도를 높인다.

요리 보고 조리 보아도 어여쁘기 그지없는 홍랑. 그러니 당대 최고의 문장가인 고죽(孤竹) 최경창(1539~1583)이 자신의 부임지에까지 홍랑을 동반했다 파면당하기도 했던 것. 그리고 이 시조를 한역해 자신의 문집에도 실었던 게다. 아무리 오매불망 사랑이라도 기녀의 시조를 사대부 문집에 싣는 것은 쉽지 않은 시절이었건만. 그렇게 홍랑이 고죽과 주고받은 사랑의 한시들 역시 곡진하기 짝이 없다. 그런 홍랑이었기에 조선에서는 퍽 드문 낭만적 남정네인 고죽의 사랑법도 전하는 것.

후일담도 감동적이다. 고죽이 죽자 홍랑은 3년이나 시묘살이를 했는데, 고죽의 시며 글을 꼭 품고 다녔다고 한다. 최씨 가문이 훗날 기녀 홍랑을 고죽 옆에 묻어주고 싶도록 갸륵한 사랑이다. 시를 아는 가문의 격조로 세운 사랑의 시비(詩碑)는 오늘도 서로 주거니 받거니 바람과 햇살과 별과 시를 읊을 것이다.

너무 쿨한 이 시대의 사랑 속에서 이들의 사랑은 단연 빛난다. 아니 너무 무겁다고 구식이라고 할까. 아무려나 지극한 사랑은 모두의 꿈이거니 모자라도 그저 지독하면 되리라.

우리는 영원하고 사랑도 그렇다

제4부

우리는 영원하고 사랑도 그렇다

사랑 때문에 분노하고, 사랑 때문에 전통을 사랑하고, 사랑 때문에 치열하게 풍자하고 싸우는 것이 김수영의 작풍이다.

아버지 채찍을 휘두르며
넉넉한 여유로 담배를 태우시거나
"이강산 낙화유수~" 구성지게 한 곡조 뽑으시면
적갈색 조랑말도 그 노래를 알아듣는지
긴 말총 휘두르며 박자를 맞추어 걷던 모습이
영화의 한 장면처럼 남았다.

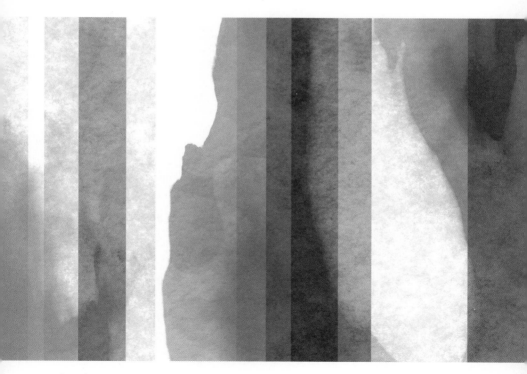

정원도

마부의 아들과 어머니

정원도

1959년 대구에서 태어나 1985년 『시인』으로 작품 활동을 시작했다. 시집 『그리운
흙』 『귀뚜라미 생포 작전』, 동인 시집 『광화문 광장에서』 등이 있다.

마부의 아들과 어머니

목련꽃들이 4월의 하늘을 새하얗게 물들이며 피는가 싶더니 벌써 하르르 뭉텅뭉텅 떨어져 내린다. 떨어져 내린 목련꽃 잎을 찬찬히 들여다보노라면 영락없이 사람의 발자국 모양이다. 여느 군상들처럼 무리 지어 화들짝 피어났다가 살길 찾아 떠도는 모습을 보면 피난길로 얼룩졌던 옛 민초들을 떠올리게 되는데, 나는 이런 봄날이면 특별한 한 여인을 생각하게 된다.

나를 낳아주시고 홀연히 흔적도 없이 떠나버리신 그 어머니만 생각하면 가슴이 먹먹해지고 온몸이 아려온다. 생모는 내가 세 살 적에 갑자기 돌아가셨다는데 기억되는 것이라곤 단 하나, 겨울에서 채 봄이 닿지 않았을 즈음 어린 나를 등에 업은 채 검고 붉은 광목을 덧댄 솜이불을 빨래하여 빨랫줄에 널던 모습이 유일하게 남아 있다.

추운 겨울 날씨에 이불 빨래를 했던 것을 보면 혹 그 이불에 쉬라도 하지 않았을까? 하는 부끄러움이 들기도 하는데, 아늑했던 그녀의 등과 비녀를 꽂은 뒷모습만 기억날 뿐 어머니의 얼굴조차 모른다.

한번은 친척 집에 갔을 때 집안 어른 누군가가 사모관대에 족두리 쓰고 찍은 옛 결혼식 사진 귀퉁이에 서 계시던 어머니 모습을 새어머니 몰래 가리켜주신 적이 있는데, 나는 그때의 기억을 잊어버리지 않으려고 애썼지만 너무 어릴 때의 일이라 어렴풋할 뿐이다.

그 어머니가 돌아가신 것이 5월의 어느 날이었고, 새어머니가 들어오신 한 달 후가 바로 설날이었다고 하니 거의 반년이나 넘도록 어머니 안 계시는 집안 꼴이 어떠했으랴! 그런 와중에 새어머니가 들어오시고 아버지는 논마지기도 없이 살기 힘들던 농사를 그만두고 대신 마부가 되었다는데 가장 선명하게 남아 있는 아버지에 대한 추억 대부분도 이때의 일들이다.

덜컹거리는 빈 마차에 아버지와 나란히 앉아 탱자나무 울타리 사이 과수원 길을 지나칠 때였다. 아버지께서 채찍을 휘두르며 넉넉한 여유로 담배를 태우시거나 "이 강산 낙화유수~" 구성지게 한 곡조 뽑으시면 적갈색 조랑말도 그 노래를 알아듣는지 긴 말총 휘두르며 박자를 맞추어 걷던 모습이 영화의 한 장면처럼 남았다. 마부 일 없는 날이면 밤마다 우리 집 오두막 골방에 모여 앉아 두부 내기나 담배 개비 내기 화투를 치다가 막걸리 몇 순배 돌도록 나누던 한담들이 아직도 내 귓가에 쟁쟁하다. 내게는 그때 들었던 옛이야기들이 일찍이 운명하신 아버지를 회상하던 유일한 즐거움이었다. 아버지가 살아 계실 적에 딱 한 번 원유회를 갔던 날은 마부 일 없는 휴일이었을 것이다. 나는 어릴 적부터 걸핏하면 몸에 부스럼이 심하게 났지만 머리통부터 팔뚝 어디에고 치료약이라고는 약국에서 구해 온 빨간 액상의 약물을 찍어 바르는 것뿐이었는데, 워낙 잘 낫지 않는 탓에 아버지를 따라 대구 앞산에 있는 안지랑 개울에 멱을 감으러 간 적이 있다.

누가 거기 차디찬 물이 좋다고 한 것인지 아버지는 발가벗긴 나를 개울에 밀어 넣고 부스럼 난 피부가 가라앉을 때까지 멱을 감기셨다. 내가 살던 반야월에서 안지랑까지는 교통 수단도 없던 시절인데 어떻게 갔는지는 기억조차 없다.

내가 네 살 때부터는 두 외갓집 외할머니께 아버지를 따라 인사를 다니기도 했는데, 생모의 친정인 외갓집은 우리 집에서 한 시간가량 걸어가는 거리에 있었기에 추운 설날 아버지의 등에 업혀 두루마기 자락으로 세찬 바람을 막으며 눈 덮인 들판을 가로질러 갔던 기억이 선연하다.

얼마나 눈이 많이 왔으면 아버지 무릎까지 푹푹 빠지는 들판을 길도 없이 가며 어른들끼리 나누던 이야기들이 어쩌면 그렇게 구수하게 들렸는지. 아마도 아버지와 함께한 기억이 많지 않은 탓에 그리움이 병이 되어 눌어붙은 탓이 아닐까도 싶다. 그 외갓집의 외할머니는 내가 초등 2학년 때에 돌아가셨으니 그 후로 대부분의 외갓집 기억은

새어머니 친정인 청송 골짝을 오가며 생긴 일이었다.

방학 때만 되면 버스를 타고 청송 골짜기 면소재지에 부려졌고, 꼬불꼬불한 산길을 오후 내내 걸어 저녁때가 되어서야 도착했던 곳이다. 여름이면 담배나 고추 농사 밭일을 돕던 일이나 겨울이면 일 년 내내 쓸 땔감을 하러 다니는 것이 일이었는데 특히나 담배밭 고랑 사이로 다니면서 끈적끈적한 진액이 몸에 감기던 연록의 담뱃잎을 따던 일이나, 나무 등걸을 톱으로 베어 지게에 져 나르던 일은 무척 고된 노동이었다.

어느 겨울날 너무 깊은 골짝으로 들어 등걸을 하다 보니 해가 저물었고, 칠흑같은 어둠을 뚫고 허겁지겁 지게 짐 지고 내려오는 중에 길을 잘못 드는 바람에 아뿔싸! 낭떠러지 개울에 떨어져 처박히고야 만 것이다. 그래도 다행히 지게를 진 채 떨어지면서 지게가 나뭇가지에 걸려 얼음 바닥에 바로 곤두박질치지 않아서 다치지 않은 것만도 천만다행이었다. 지게에 대롱대롱 매달렸다가 겨우 정신을 차리고 빠져 나오는 중에, 아이들이 걱정이 되어 올라오신 외삼촌을 만나고서야 겨우 살아났다.

워낙이 산골이라 군것질거리도 없는 곳에서 지내는 것이 안쓰러웠는지 한번은 외숙모께서 보리쌀 한 말을 자루에 담아주시는 것이었다. 나는 그걸로 무엇을 하라는 것인가? 궁금해하며 보리쌀을 짐바로 메고 외사촌 동생을 따라 나섰는데, 산길 10리를 걸어서야 큰 마을이 나타나고 마당에 커다란 살구나무가 있는 집으로 들어가 애써서 지고 간 보리쌀과 살구를 맞바꾸는 것이었다. 돌아오는 길에 야금야금 그 살구를 베어 먹다가 수정처럼 맑은 개울에 발가벗고 들어가 멱을 감기도 할 때는 까마득한 낭떠러지 우에서 절경의 소나무와 까투리가 내 고추를 훔쳐보는 듯한 정적이 아득하고 무서웠다.

새어머니가 들어오신 후부터 시작한 마차는 화물차가 나타나기 시작하면서 급격히 자취를 감추었고 대략 다섯 살 때부터 6년여 운행되다가 손을 털고야 말았다. 그때 우리 집은 오두막 한 채와 그 옆에 마구간이 붙어 있었고, 어린 내가 혼자 집을 지키던 날 마구간 바깥에 묶여 있던 말이 갑자기 새끼를 순산하는 바람에 얼마나 놀랐는지 모른다. 새하얀 새끼보에 싸인 채 짚 깔린 바닥으로 툭 떨어져 버둥거리며 보를 찢고 일어서던 망아지의 끔벅거리던 그 큰 두 눈은 두고두고 내 가슴에 남았고, 마부 아버지는 나날이 이른 새벽부터 밤늦게까지 사과 궤짝을 실어 나르는 일로 바빴다.

그렇게 옹기종기 모여 살던 일가친척들의 우애가 퍽이나 돈독했는데 어머니보다 연세가 많으신 종갓집 형수님을 중심으로 온 집안이 무속 신앙에 물들어 아예 집안 굿을 전담하던 무당이 있었고, 수시로 집안의 우환을 몰아내는 굿을 하는 일과 팔공산 갓바위 미륵불에 빌러 가는 일이 주요 대사여서 어린 나도 팔공산 갓바위까지 여러 번 따라다녔다. 갓바위에 지성을 드리고 나면 바로 뒤에 있는 암자에서 먹던 비빔밥이 얼마나 맛있었던지 그런 날은 갓바위 부처님조차 더 친근하게 느껴지기도 했다.

그 무렵 빤눈이 무당의 점괘에 어머니와 내가 천명대로 살려면 셋째 어머니를 삼아야 된다는 괘가 나왔다. 그러니까 나의 운명이 어머니를 셋 둘 팔자라 무당 당신을 셋째 어머니로 삼는 비방(秘方)을 하지 않으면 새어머니조차 살(殺)을 당할 수 있다는 말이었다. 그 말을 철석같이 믿으시는 어머니는 기어코 날을 잡아 어린 손을 이끌고 그 무당이 사는 대구의 달동네 집을 물어물어 찾아가 어머니로 삼는 예를 올렸다. 이 어린 나이에 셋째 어머니를 삼으러 가야 하는 내가 참으로 기구한 운명이다 싶었다.

빤눈이라는 별명은 종갓집 형수님이 지어서 부르기 시작했는데 양쪽 눈이 심하게 초점이 돌아간 사팔뜨기라 붙여진 말이다. 그런 불쌍한 무당이 나의 셋째 어머니가 되어야 한다니, 나는 나보다도 그 여인에게 더 연민을 느꼈고 작은 불상에 절을 올리면서도 오히려 나에게는 어떤 일이 생겨도 이보다 더 불행할 일도 없다는 생각에 오직 그 두 어머니의 행운을 먼저 빌었다.

예를 다 올리고 나니 모자의 연을 맺은 징표로 수저 한 벌을 주셨고, 어머니가 무속에서 손을 떼기 전까지는 무조건 그 수저로 밥을 먹지 않으면 큰일이라도 날 것인 양 신주처럼 모셔야 했다. 그 후로 함께 공단 지역을 떠돌던 어머니도 언제쯤부터는 개종하셔서 열심히 성당을 다니면서도 좋은 게 좋다며 다급한 이사 중에도 그 수저만은 꼭 챙기셨다.

그러다가 아버지 없는 외동은 빨리 대를 이어야 한다는 어머니의 무

우리는 영원하고 사랑도 그렇다

지막지한 강요로 서둘러 결혼을 강행하게 되었고, 장모님이 주신 수저로 교체되면서 슬그머니 무당 어머니의 수저는 폐기되고야 말았다.

그렇게 나에게 셋째 어머니가 생긴 이후로 어머니는 늘 든든한 우군을 얻은 눈치였다. 마땅한 대안도 없이 마부 일을 접은 아버지 대신에 어머니는 육소간을 차렸다. 매사 바쁘게 일이 돌아갔지만 낫 놓고 기역 자도 모르는 장삿속이 별로 시원찮았는지 반짝하다가 말았다. 아버지가 새마을 부역 나갔다가 얻어 마신 막걸리에 흠뻑 취해 오신 밤, 뜨거운 안방에서 주무신 것이 화근이었는지 갑작스런 비몽사몽의 시간을 건너 운명하시고야 말았으니 뇌출혈이었다고 한다.

병원도 제대로 없던 시절에 너무 맥없이 떠나신 아버지의 죽음을 목도하면서 나는 새마을이란 말만 들어도 외면하게 되었다. 그때 내 나이 겨우 열넷이었다. 중학교 입학하자마자 돌아가셨으니 당장 학교 다니는 일부터가 걱정이었고 나는 학비를 면제받기 위해 학교에서 별의별 일을 다 해야 했다. 일단은 공부를 잘하지 않으면 안 되는 것은 기본이었고 선생님의 교안 작성 대필에서 시험지 채점까지도 다 내 몫이었다.

그 선생님의 성품이 워낙 깔끔하셔서 필체가 조금이라도 시원찮으면 맘에 안 들어 하셨으므로 밤새워 필체 연습을 했다. 지금도 필체가 좋다는 말을 종종 듣기도 하는데 그건 아마도 어린 한석봉처럼 필체 연습을 해야 했던 덕분임에 틀림없으리라.

또 다른 선생님은 내가 학교에 내야 할 비용을 대납해주기도 하셨는데, 그것을 못 갚고 미안해하다가 졸업 전에야 겨우 어머니와 함께 달걀 한 판을 사 들고 선생님 댁으로 찾아가 밀린 빚을 다 갚고서야 감사의 인사를 드린 적도 있었다. 그런 나에게는 중학교 때 졸업 앨범도 없어서 훗날 고향 친구들이 앨범 속의 사진 이야기를 나누기라도 하면 나는 본 적도 없으므로 어리둥절했고 왠지 그 속의 사진들이 궁금하기도 했다.

그런 어려운 처지에 고등학교는 어떻게 갈 생각을 했는지 입학을 하고 보니 눈앞이 캄캄했다. 어떻게 하면 3년을 다닐 수 있을까 고민을 거듭하던 터에 우연히 학교 운동부에서 신입생들을 상대로 부원 모집을 하는데 운동을 하기만 하면 학비가 전액 면제된다는 희소식을 알게 되었고, 나는 알아볼 것도 없이 무조건 그 운동부에 가입한 덕분에 아득하기만 하던 3년을 무사히 마칠 수가 있었는데, 어이없게도 그때 운동하다가 다친 허리의 후유증으로 부상(負傷)을 부상(副賞)으로 받고야 말았으니 그것마저 감사의 징표로 삼아 지냈다.

혹이나 무슨 운동을 하였을까? 궁금해하실까 싶어 밝힌다면 운동 중에서도 가장 돈이 들지 않는 역도를 했다. 역도는 내게 아무것도 요구하지 않았고 다 떨어진 운동복 한 벌만 있으면 가능했다. 역도를 잘하는 선수가 되는 게 목표가 아니라 오로지 학비를 면제받기 위한 궁여지책이었기 때문이다.

보기와는 딴판으로 힘도 못 쓰는 데다가 기량도 늘지 않았고, 힘 좀 쓰려면 잘 좀 먹으라고 다그치는 선생님 앞에서 학비 면제받으려고

우리는 영원하고 사랑도 그렇다

운동하는데 잘 먹을 수가 있겠느냐는 말은 차마 못 했다. 나는 어려서부터 건강이 좋지 않아 걸핏하면 쓰러지곤 했는데 오히려 이 학비 면제용 운동이 나를 건강하게 만들었다.

초등 4학년 때는 대구에서 학교로 출퇴근하시는 여선생님을 동행하는 것이 나의 일과가 된 적이 있다. 우연하게도 그 처녀 선생님은 두 번이나 담임이 되셨는데 선생님께서는 학교를 나설 때나 아침 학교 가는 길에도 늘 함께 가기를 바라는 것이었다. 선생님이 나만 특별히 좋아해서 그런다고 아이들에게 엄청 많은 놀림을 받기도 했지만, 커서 생각해보니 시골 학교 오가는 골목길에 동네 청년들이 무서워 집 가는 방향이 같은 나를 들러리로 데리고 다니신 듯했는데, 선생님이 급식 빵을 교실에 돌리고 남으면 아이들 몰래 보자기에 싸서 나에게 주셨고 나는 그 빵을 큰 상이라도 받은 것처럼 집으로 들고 와 막내 누나랑 연탄불에 구워 먹으며 선생님을 더 좋아하게 되었다.

그때 반야월역 공터는 나의 주요 놀이터이자 일터였다. 화물차에 실려 온 거대한 수입 원목이 부려지면 낫을 들고 원목에 올라탄 채 껍질을 벗겼고, 그 껍질들은 부엌에서 마른 장작으로 쓰였다. 김장철이 되면 부려진 배추 더미 주변으로 허드레를 주워 와 시래기로 말린 적도 있었다.

놀이라고는 늦여름이면 내 키보다 긴 대빗자루를 들고 잠자리를 잡으러 다니거나 끝없이 철길 따라 걸으며 미지의 세계로 탈출하는 꿈에 설레곤 했는데 드디어는 고등학교 졸업반 때 유년의 나를 키워준 그 반야월역에서 이불 보따리 하나 둘러메고 포항행 완행열차에 몸을 실은 것이 사회 진출의 첫발이 되었다.

그때는 시도 때도 없는 잔업에 시달려야 했던 공장 일도 일이지만 내 집 없는 객지에서 걸핏하면 이사 다녀야 했던 떠돌이 생활이야말로 너무도 가파른 풍랑이었다. 그중에서도 결혼 후 살던 전셋집이 주인의 사업 부도로 경매에 넘어가는 바람에 빈손으로 길바닥에 나앉게 되었을 때가 가장 절박했다.

그런 씁쓸한 풍경의 뒤꼍에서 아내가 생활비를 아낀다고 아들의 이발을 집에서 직접 해주느라 머리에 대접을 씌워놓고 깎아준 바가지 머리만 보아도 눈시울이 붉어지곤 했다.

어머니는 걸핏하면 팔자 타령에 빨리 돈을 많이 벌어서 당신을 호강시켜주어야 한다는 것을 세뇌시키셨는지라 가장 다급한 목표는 돈을 버는 일이었고 그건 최소한의 어머니 소원을 들어드리는 일이기도 했다. 하다못해 어머니는 아들의 결혼까지도 어떤 여자와 하라는 식으로 강요하기까지 하셨는데, 아내는 이때 어머니께서 반강제로 맺어준 인연이다.

그렇게 아내는 어머니가 고향에서 소개받아 온 첫 맞선 상대자였는데, 내가 좋아할 만한 여성인지는 알아볼 겨를도 없이 "새어머니에다 성품이 유별나서 모시기 힘들 텐데 그래도 괜찮겠느냐."고 물어보는 말이 고작이었고, 그녀는 내가 이해만 잘 해준다면 참아낼 수 있다고

우리는 영원하고 사랑도 그렇다

대답했다. 인연이 되려니까 그렇게 우리는 선본 것까지 포함해 딱 두 번, 네 시간쯤의 어이없는 대화를 끝으로 어머니가 원하시는 결혼을 강행했다.

그런 어머니의 운명도 험난하여서 어린 나를 꾸중하실 때마다 "우리 둘 다 기구한 팔자니까 절대 남에게 애비 없는 자식이라고 손가락질 받지 않도록 하라."고 당부하셨다. 우리는 그렇게 불행의 운명 공동체로 함께 세파를 헤쳐왔고, 아버지는 당신의 아내를 구한 것이 아니라 당신 사후의 어린 아들을 돌봐줄 어머니를 구해두고 떠나신 셈이 되었다.

그러니까 어머니 나이 마흔에 또 아버지와 사별하신 후로는 재가도 하지 않으시고 어린 나를 지켜주신 것만 해도 어머니는 나에게 특별한 분이셨다. 당신의 입에 노래처럼 달고 살던, "내가 저거 믿고 뭔 호강을 누리겠다고 이 고생 사서 하는지 모르겠다."라는 말로 평생을 버티셨고, 암담하기만 하던 그 시절을 건너오느라 신심(身心)이 다 망가지셨다.

어머니는 당신이 어릴 적에 얻은 지병 탓이라는 의사의 진단대로 폐가 일부 찌그러져 연로하시고는 곧잘 급성 폐렴에 걸리곤 하신다. 사소한 감기인 듯 기침을 하시다가도 잠결에 갑자기 호흡 곤란으로 이어지는 것을 여러 번 경험했는데 그런 경우에는 촌각을 다투어 응급실에 도착해야 한다.

그렇게 당신의 죽음을 예감하시고 숨 넘어가는 소리로 은밀한 곳

에 묻어두었던 비밀까지 마지막 유언인 양 털어놓으시다가 어느새 되
살아나는 강인한 분이시다. 밤마다 잠들기 전에는 "이렇게 편안할 때
잠결에 가야 할 텐데!" 하시다가도 새벽같이 일어나 쉴 새 없이 하루
를 챙기는 삶의 애착을 본다.

4월만 되면 벚꽃이 온 하늘에 꽃물을 수놓다가도 때가 되면 눈이
내리듯 흩날리는 꽃잎을 맞으며 어머니와 손잡고 집으로 가던 날이
좋았다. 내 나이 열넷에 아버지 천국으로 가신 이후로 "내가 크면 꼭
어머니를 호강시켜드리겠다."는 약속을 지킬 수 있게 되기까지 어머
니께서 겪으셨을 갖은 수난에 고개 숙인다. 나는 어머니가 셋이어야
했으므로 남들이 어머니를 모시는 정성의 세 배는 더 극진한 마음으
로 섬겨야 하리라 다짐한다.

그 어느 날 척추 수술을 하고서도
곧장 귀향하겠다고 고집을 부리는 아버지를 말렸다.
그때 아버지는 어디쯤 생각을 했을까.
아버지에겐 또다시 전쟁이었다.
일어서지 못하면 절망이다.
사람에게 허리는 그런 존재였다.

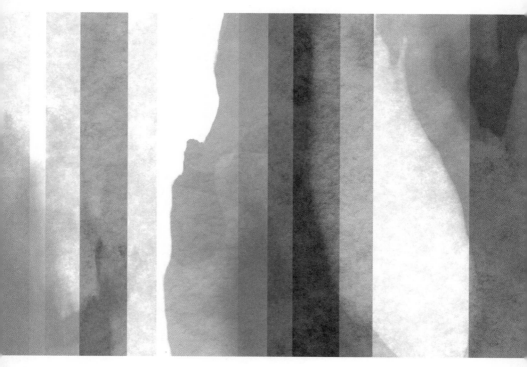

함동수

명(命)을 다시 받다 | 아버지의 밭갈이

함동수

강원도 홍천에서 태어나 『문학의식』으로 작품 활동을 시작했다. 한신대학교 문·창 대학원을 졸업했다. 시집 『하루 사는 법』 『은이골에 숨다』, 산문집 『꿈꾸는 시인』, 저서 『송은 유완희의 문학세계』(공저) 등이 있다.

명(命)을 다시 받다

　어느 날 회사 정기 검진에서 B형 간염이란 판정이 나왔다. 즉시 입원하여 치료에 들어갔으나, 간염 바이러스는 증상을 조금 낮출 수 있을 뿐 치료는 불가능하다고 했다. 그런 상태로 직장을 20여 년쯤 다니게 되니, 체중이 줄면서 감기를 줄곧 달고 사는 등, 여러 가지로 이상 증상이 나타나 가까운 병원에서 검진해보니 간경화 초기였다. 황망한 마음으로 이곳저곳의 병원 찾아다니며 살길을 찾아봤으나, 바이러스에 감염된 간의 손상은 날로 더해갔고, 가는 곳마다 보험 약을 쓸 수 없는 묘한 간 수치 때문에 '기다려보자'는 얘기와 함께 간 보호제인 우루사만 처방해줬다. 이는 근본적인 항바이러스 치료제는 아니었다. 곧바로 큰 병원으로 이전했다.

　몸은 날로 수척해지며 식욕도 떨어지고, 밤잠까지 설치며 뜬눈으로 새우곤 새벽에 지쳐 잠드니 출근조차 못 하는 날이 지속됐다. 어느 날인가는 토혈(吐血)을 하며 정신이 혼미해지는 급박한 상황이 와서 응급실로 달려갔는데, 간경화 말기 증상인 식도정맥류 출혈이 발생한 것이었다.

상태가 나날이 심각해지던 2008년 봄에 마지막 만찬처럼 부모님의 칠순, 팔순 잔치를 준비했다. 막내 동생과 협의해가며 마지막 잔치를 준비하고, 주변의 친구 중에 시 낭송가와 성악가를 초청하고, 홍천에 있는 리조트의 연회장에 동리 어른들과 친인척을 모시고 팔순 잔치를 열었다. 당시 그런 건강 상태에선 무리였으나, 한편 '이것이 마지막 효도가 될지도 모른다'는 두려움에서 행사 준비를 추진했다. 즐거워야 할 잔치가 아니라, 마지막 만찬을 보는 듯했다. 축배를 받은 부모님들도 결코 웃을 수 없는 쓴잔을 들었다. 행사 전날에도 병원에 들러 불룩해져 출렁이는 복수를 빼내고, 야위고 까만 얼굴로 준비한 한복을 입고 참석하였다.

이제 마지막으로 떠나는 열차는 어쩔 수 없이 서서히 그곳을 향해 다가서는 느낌을 감출 수 없었다. 시골에 계신 부모님들은 병원에 갈 때, 며느리를 동행하도록 독촉하기 시작했다. 마지막을 본인이 감출 수 있다고 판단해서였다.

그렇게 봄을 보내고 번번이 이식(利殖) 수술을 권고하는 의사의 독

우리는 영원하고 사랑도 그렇다

촉을 받으며, 여름휴가를 동해안으로 갔을 때, 이러한 사실을 털어놓자 충격에 노부모님들은 혼절했다. 살기 위해선 간이식(肝利殖)을 해야 했는데, 그러나 이식할 간(肝)을 제공(提供)받기란 하늘의 별 따기라는 말에 따른 충격이었다. 하지 않으니만 못한 불편한 상황에서의 하기 휴가를 채 끝내지도 못하고 또, 다시 입원을 했다. 이젠 누가 주든 이식을 위한 검진에 들어가는 순서에 돌입할 수밖에 없었다, 그때, 막내 동생이 이식 간 제공을 제안하고 나서 검진 날짜가 잡혔다. 그러나, 동생도 형제이긴 하지만 대학에서 학생을 가르치는 선생이니 시간이 큰 부담이었다. 대신 대학에 재학 중인 아들에게 조심스런 탐색을 해보니, 답이 없었다. 엄청난 충격과 부담은 짐작이 갔다. 마누라까지도 검진 명단에 넣고는 온 집안이 초비상 상태에 돌입했다. "금년 추석은 바빠서 못 갑니다."란 명분으로 위장을 했다. 그런 위기 상황을 노부모님께는 비밀에 부치고 추진할 수밖에 없었다. 추석을 며칠 앞둔 9월 초순 아들의 검진 결과가 이식에 양호한 상태이고, 혈액형도 같아 고무적이라는 의료진의 결과가 나왔다. 이를 아들에게 알려야 하는데, 난감한 일이었다.

대신 마누라가 컴퓨터에 앉아 메일로 이런 간절한 상황을 아들에게 알리고 아빠를 살리자고 제안했다. 답은 명료했다. "나 아니면 누가 아빠를 살리겠냐."고~

이제 선택의 여지도 없이 처절한 생사의 투쟁을 위해 병원에 아들과 둘이 입원했다. 우리 둘은 전날 밤과 당일 새벽에 온몸을 퍼렇게 소독하곤, 이른 아침에 아들이 먼저 수술실로 실려 나갔다. '참으로 네게 못할 짓을 하는구나.' 차마 볼 수가 없었다. 이미 가까운 친인척들이 찾아오고, 두 사람을 사지에 몰아넣은 마누라는 안절부절 병원이 구석 저 구석 차가운 기둥을 쓸어안고 돌아다녔다. 아들의 6시간과 남편의 12시간 수술 시간 동안 간절한 기도로 얼마나 울음을 삼켰는지. 그 순간에도 아빠보단 젊은 아들이 더 안타까워 애가 탔다고. 그래도 지독한 시간은 지나가고, 그로부터 6시간 만에 수술실을 나온 아들을 보고는 울지도 못했다고.

아들이 중환자실에서 일반실로 옮겨가서도, 나는 6시간이 지난 12시간 만에 수술실을 나왔다. 산소마스크와 목줄을 주렁주렁 달고서 정신없는 남편의 얼굴이 오히려 편안해 보여서 마음이 놓였고, 얼굴에 화색이 돌아서 또, 한 번 가슴을 쓸어 내렸다고. 두 식구 모두 살아온 것만으로도 감사하고 감사하다며, 정갈한 마음으로 처음 명(命)을 갈구(渴求)했다고 - 이 간절한 마음으로 「목숨」을 한 편 지었다.

간이식으로
단 하나뿐인 목숨 어렵게 찾았다

봄에 시들고

우리는 영원하고 사랑도 그렇다

가을에 찾았다

시들 때
사랑이 떠나고

찾을 때
시가 왔다

벼랑 끝에서
사는 법
엎드리는 법

처음 경건하게 무릎 꿇고
속죄하며
겸손을 배웠다

지천명이라는
오십 넘어서야 겨우

사는 길 찾았다

— 함동수, 「목숨」 중에서

정말, "벼랑 끝에서/사는 법/엎드리는 법."을 배우며, 무지했던 생
의 벼랑 끝에서 아들까지 희생시켜가며 시원찮은 목숨을 건진 것을

못내 부끄럽게 생각한다. 이 부분에 대해선 아직도 할 말이 많다. 두고두고 속죄하며, 또 하나의 풀어야 할 명제로 남을 것이다.

후에 안 일이지만, 간경화로서의 최대 생존 연한이 5년이라는 것을 알고는, 또 얼마나 다행스런 일이었는지. 명(命)이 하늘에 달린 것을 알 만한 나이라는 지천명(知天命)에 한 번 된통 죽다 살아난 후에는 잠시 숙연하더니, 매일 그렇게도 살 수 없어 그나마 요즘은 그 통증 또한 잊고 산다.

우리는 영원하고 사랑도 그렇다

아버지의 밭갈이

아버지는 함흥에서 월남한 실향민이다. 그간 어려서부터 1·4 후퇴 때 홀로 피란을 떠날 수밖에 없었던 사연을 자주 들어왔다. 앞문으로 는 인민군이 들어오고, 가족을 남긴 채 뒷담을 넘어 그길로 피난민 속에 섞여, 온갖 고생 끝에 국군에 입대하였다. 곧바로 전쟁터에 던져진 운명은 줄곧 생사의 갈림길에서 들락거렸다. 철모르던 청년이 홀로 생면부지 타지로 내려와 전쟁터에 발을 담그는 고독한 시간은 자신과 의 처절한 싸움이었다. 배고픔은 말할 것도 없고, 파편과 총탄을 맞은 것은 헤아릴 수가 없다.

그래도 살아남았다. 혹독한 전쟁이 끝나고 나니 갑자기 가족들이 그리워졌다. 나이도 어언 30줄에 들어서서 전방 강원도 인제 군대 근처인 홍천에 사는 참한 색시를 얻어 장가도 갔다. 그러다 올망졸망 새끼들과 소박한 행복을 꿈꾸며 타지에 자리를 잡았다. 물론 처가댁이 있는데도 불구하고 사나운 동네 인심은 간단치 않았다.

평생 총대만 잡아본 손으로 농기구는 어설프기 그지없었고, 수많은 논 밭고랑은 남의 손을 빌려야 했다. 안면(顔面)도 없는 동네에 와서 어설픈 농사꾼이 기댈 곳은 오직 내 힘뿐이었다. 그러나 동네 인심은 그것도 가만 두지를 않았다. 겨울이 되면 관습처럼 내려오던 도박과 음주로 가산탕진이 일상이던 시절이었다.

마을의 힘깨나 쓰는 유지(有志)들은 매일 투전하자, 술 먹자며 회유도 하고 협박도 해왔다. 그러던 중 어느 날 그들을 뒤로하며 마루에서 고무신을 찾아드는 순간, 조씨라는 고약한 술꾼이 조약돌을 들어 머리를 쳤다. 그길로 병원으로 이송되어간 이후 1년여 간은 생사를 오락가락했다. 전 재산의 절반 정도를 팔아 우선 치료비 등으로 썼다. 전쟁터의 총알도 피해 살아난 영웅이 하찮은 돌에 맞아 죽을 지경이 된 것이다. 북에서 자유를 찾아 내려온 청년이고, 더구나 몇 년 전만 해도 자유 수호 전쟁을 했던 전역 군인을, 그 사회는 가혹하게 냉대하고 쳐죽일 생각만을 하고 있었다. 상처는 뇌 부분을 중심으로 심각했다. 온 가족과 친인척들이 수시로 병원을 들락거리는 아버지를 간호하고, 몇 년간 난리를 치며 서서히 회복되어갔다. 아버지는 그 후 말이 없었다. 그러곤 항상 불안 증세와 자기 보호 본능으로 집 안에도 몽둥이를 곳곳에 세워두었다. 모든 어려움도 시간이 약이었다. 한참 후에 다시 농기구를 잡았다. 그러나 병약한 몸은 이미 쇠잔해졌다.

우리는 영원하고 사랑도 그렇다

봄날 이른 아침에
옥수수를 심으려고 아버지가 산비탈 밭을 간다
뒤에서 소에 매달리듯 쟁기를 들고 쩔쩔매며
어이! 어허! 서툰 소몰이를 하고
어린 나는 코뚜레를 잡아끌고 간다

소 눈이 무서워 뒤도 보지 못하고
잰걸음으로 쫓기듯 나가는 어린 아들까지
큰 소의 앞잡이로 내세우는 절박한 가세
나는 지금 소의 앞잡이다

코뚜레 바르게 끌지 않는다고 큰소리치는 아버지
앞서 나가는 소나
소 부리는 아버지나 식전에 벌써
등에서 허연 김이 물씬 오른다

철모르던 시절부터 전장에 내몰렸던 북에서 온 남자
이십여 년 간을 줄곧 총을 들고
밭을 갈았던 남자, 종일 갈아도 갈 밭이
아직도 창창하게 남은 밭갈이

— 함동수, 「아버지의 밭갈이」 중에서

  그 이후론 서툰 솜씨로 아버지와 나는 다시 밭갈이를 시작했다. 옆
도 보지 않고 줄곧 앞만 보고 나갔다. 그러나 무리하던 아버지의 척추

는 드디어 주저앉아 엉금엉금 기어야 할 정도였다. 모든 것이 무너졌다고 생각했다. 더 이상은 아무것도 할 수 없다고 절망했다. 인생이란 그런 것이다. 인생살이가 숙련되었을 무렵에 퇴장당하는 순간을 맞는다. 그때 아버지는 어디쯤을 생각했을까. 그 후 척추 수술을 하고서 곧장 귀향하겠다고 고집을 부리는 아버지를 만류하여 겨우 1주일간 미뤘다. 귀향 새벽길을 달려 동네에 도착한 아버지는 동네를 한 바퀴 돈 다음 볍씨 뿌리기 작업을 하였다. 동네 한 바퀴는 '나 다시 살아 왔다'는 시위였다. 그러곤 오로지 가족들의 허기를 메우는 일이 내 책임이라고 삽자루를 들었다.

빗방울 후드득 떨어질 것 같은 이른 아침
척추 수술을 마치고 보채던 아버지는
복대를 두르고 새벽부터 일어나
귀향길을 재촉해 서두른다

줄기차게 농사일로 고된 날들을 보내시더니
그 힘겹던 무게로 허리뼈 통증으로
꼼짝 할 수 없이 주저앉아서도 올해
모를 심을 걱정으로 안달이다

몇 해 전부터 잡풀이 무성한 논에도 보상금을 준다고
다들 손을 놓고 있지만, 팔순이 넘어서도
무서운 것은 허기라고 믿는 아버지, 간단없이

우리는 영원하고 사랑도 그렇다

내 땅에 모 심으면 밥걱정 없다고
여전히 누런 볍씨를 여전히 줄줄 뿌린다

벌써, 새벽부터 뿌린 볍씨 눈이 틔어
하얀 김 올리고 냄새 풍기며 다가오는데
어머니 이고오신 대바구니 밥통 속엔 아직
시커먼 허기도 간간이 끼어 있다
— 함동수, 「볍씨를 뿌리다」 중에서

　그래도 그 허기는 풍성하게 해결하기엔 구조적으로 어려운 문제였다. 그것이 당시나 지금이나 농촌 문제의 본질이다. 그 한가운데 아버지와 우리는 섞여 있었다.

　팔순이 다가올 무렵엔 큰아들인 내가 중병에 걸려 죽을 고생을 하다가 살아나니, 이젠 당신이 죽을 차례라고 입버릇처럼 되뇌셨다. 지난 5년간은 죄인처럼 살았다고—

　명절에 자식들이 귀향한다고 하면, 하루 종일 플라스틱 의자에 앉아서 긴 목을 빼고, 졸다 깨다를 반복한다. 노인도 졸고 플라스틱 의자도 같이 졸고, 기우뚱 흔들리는 의자마저도 허옇게 낡았다. 그래서 아침부터 긴긴해를 기다리는 아버지를 생각하면 귀향길은 조바심이 난다. 새카맣게 그을린 얼굴로 우리가 도착하면 흑인처럼 하얀 이만 드러내시며 함박웃음이다. 저녁놀도 한몫해서—

자식들, 휴가 떠나오는 날
허옇게 빛바랜 프라스틱 의자에 앉아 하얀 장승처럼 기다리셨죠
삐걱거리는 나무 대문에 기대어, 졸린 눈 얇게 열고
긴 햇볕을 쬐며 앉아 한눈에 보이는 도로를 향해
오가는 차를 세고 또 세고, 수도 없이 길을 지키셨죠

여러해 같은 자리를 지키며 대문간을 벽처럼 기대온 낡은 의자
가끔은 한쪽으로 기우뚱 기울어 비틀리며 오그라지는 다리
낡을 대로 낡아서 긁히고 생채기 나, 퍼렇게 멍이 든 프라스틱 의자
낡은 의자에 그림자같이 장승처럼 앉아 기다리다 기다리다
고개 떨구고 마침내, 의자도 잠이 듭니다

밭둑에 수북이 피어난 들꽃처럼 환하게 꿈을 꾸다가
이승과 저승을 넘나들며 야트막한 산을 겨우 넘어 옵니다
나이만큼 벗겨진 회벽을 따라 허물어져 가는 돌담을 짚고
돌아가리라 믿었던 북쪽을 향해 쳐든 고개 애처럽습니다
　　　　　　　　　— 함동수, 「프라스틱 의자」 중에서

　"내가 월남을 한 것은 결국 너희들을 보러 온 것이다. 이제 북의 가족은 완전히 소멸되었다. 이제 나의 핏줄은 너희들만 남은 것이다."
남은 생의 애착은 더해갔다.

　언젠가 내가 중병일 때, 별일도 없이 갑자기 용인에 올라와 하루를

우리는 영원하고 사랑도 그렇다

묵고는, 아침 출근길에 버스터미널로 가시며 '간을 바꾸면 되느냐'고
— 그러곤 "내가 주고 가면 되겠네."라는 말끝에 철렁 내려앉는 가슴
을 겨우 진정하고 표를 끊어드린 적이 있다.

그러던 아버지가 얼마 전 손자가 장가들어 후손이 태어나자, 그간
죽는 것에 대해 의연하던 모습에서 "이젠 죽고 싶지 않네. 저 녀석들
을 보니 활기가 생기네." 하시며 생에 의욕을 보였다. 한때 젊은 시절
에 냉대하고 돌로 때린 그들이 수명을 다해 세상을 떠나자, 본인과 그
부인의 시신까지 당신의 손으로 묶어서 장례를 치러주었다. 올해로
만 구순이 되신 아버지는 그간 자신 혼자서는 모든 것을 수용하고 용
서하신 것 같다.

얼마 전엔 전쟁 후유증으로 밤마다 악몽에 시달리는 사실을 알고,
정신병원에서 긴급으로 처방을 받아 안정된 적이 있다. 우리는 아버
지가 주위로부터 '미친 사람'이라는 눈총을 피해, 평생 전쟁 트라우마
를 혼자 숨기고 감내해왔다는 사실을 알았다.

밭둑에 수북이 피어난 들꽃처럼 환하게 꿈을 꾸다가/이승과 저승을
넘나들며 야트막한 산을 겨우 넘어옵니다/돌아가리라 믿었던 북쪽을
향해 쳐든 고개 애처럽습니다

이제 평안하시라, 아버지시여!

스님의 산문과 내 시의 발상이 얼마나 유사한가.
오래전 그의 글을 읽고 받아들였던 것이
마음속 어디쯤에 자리 잡고 있다가
튀어나왔으리라.

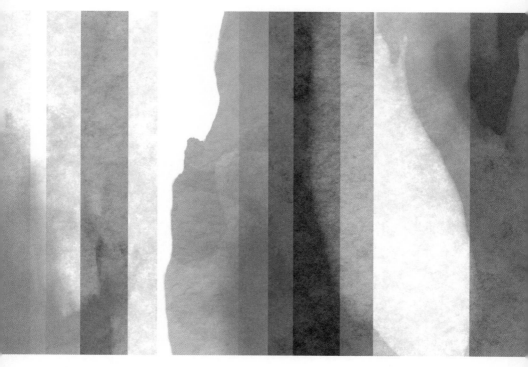

공광규

내가 사랑한 스님의 문장

공광규

1960년 서울 돈암동에서 태어나 충남 청양에서 자라났다. 동국대학교 국어국문학과, 단국대학교 대학원 문예창작학과에서 박사학위를 받았다. 1986년 『동서문학』으로 작품 활동을 시작했다. 시집 『대학일기』 『마른 잎 다시 살아나』 『지독한 불륜』 『소주병』 『말똥 한 덩이』 『담장을 허물다』 등이 있다.

내가 사랑한 스님의 문장

책으로 만난 내 시의 스승이 정지용 시인이라면, 책으로 만난 산문의 스승은 당연히 법정 스님이다. 스님을 책으로 처음 만난 것은 고등학교를 다니던 시절 문고판 『무소유』에서였다. 김형석, 안병욱의 수필과 함께 칼 힐티의『잠 못 이루는 밤을 위하여』나 루이제 린저의 『왜 사느냐고 묻거든』, 헤세의『인생론』 등이 독서 목록에 들어오던 때였다.

처음에는 법정 스님의 문장이 나의 현실 삶과는 무관한 것처럼 보였다. 그러다 고등학교를 졸업하고 제철공장에서 노동자 생활을 하면서, 인생이 이게 전부가 아닌데? 라는 생각이 들 때 법정의 글이 나에게로 왔다.

당시에 나는 이렇게 수십 년 똑같은 직장에 다니고 돈을 벌다가 인생이 끝나는 것이 아닌가 하는 생각에 방황하였다. 그런 어느 날 청송 주왕산 대전사에 간 적이 있었다. 소심한 성격이어서 절 마당에서 머뭇거리다가 잠자리를 얻지 못하고, 주변 여인숙에서 하루를 머물면서 여행의 심사를 시로 적어서 시골의 여동생들에게 보냈다.

며칠 후 비가 오는 날이었다. 아버지와 어머니가 예고도 없이 멀리 충청도에서 경상도 하숙집으로 들이닥쳤다. 성질이 호랑이처럼 무서웠던 아버지는 그날만은 눈물을 글썽이는 듯 손을 잡고는 "괜찮냐?" 고 하셨다.

나는 영문을 몰랐지만, 바닷가에 모시고 나가 밥을 먹는 중에 아버지는 내가 여동생들에게 보냈던 엽서를 내놓으셨다. 내가 중이 되려고 마음먹은 줄 알고 하숙집으로 부리나케 찾아왔다는 거였다.

벚나무 열매인 버찌로 쓴 글이었으니, 내용도 그렇지만 버찌즙이 어떻게 보면 피가 바랜 것과 비슷하여 부모님이 놀랐던 것이다. 정말 외아들이 무슨 인생의 대단한 결단을 한 듯 적잖이 놀랐을 것이다. 돌아보면 우스운 사건이지만, 그 사건의 배후에는 나를 방황케 했던 법정 스님의 수필집 『무소유』가 있었다.

이 책의 앞부분 「너무 일찍 나왔군」이라는 곳에는 내 부모님의 과거를 가늠케 하는 뚝섬 이야기도 나온다. 이 글을 발표한 1969년에도 뚝섬은 서울시 성동구이지만 나룻배를 타고 건너야 되는 곳이고, 전기도 전화도 수도 시설도 없는 곳이다.

부모님은 고향인 청양에서 결혼을 한 직후 서울로 올라와 동대문운

동장이 보이는 돈암동 판자촌에서 나를 낳았다고 한다. 그 뒤에 뚝섬으로 가서 새끼공장을 했다는 것이다.

거기서 사업이 안 되자 정리를 하고 홍성에 있는 큰할아버지 집으로 내려가 농사를 도와주며 있었는데, 어머니는 돈을 받으러 나를 업고 서울을 오르락내리락하였다고 한다.

서울이라지만 전기도 전화도 수도 시설도 없는 곳에서 살았을 부모님. 그리고 20대 중반의 어머니가 어린 나를 업고 사람과 분뇨를 같이 실었다는 나룻배를 탔을 생각을 하면 돌아가신 어머니에게 미안한 마음이 아득해진다.

이 글을 쓰면서 스님의 「설해목」을 읽어가다가 비슷한 사유를 만나 놀라고 말았다. "겨울철이면 나무들이 많이 꺾이고 만다. 모진 비바람에도 끄떡 않던 아름드리나무들이 꿋꿋하게 고집스럽기만 하던 그 소나무들이 눈이 내려 덮이면 꺾이게 된다. 가지 끝에 사뿐사뿐 내려 쌓이는 그 하얀 눈에 꺾이고 마는 것이다. …(중략)… 정정한 나무들이 부드러운 것에 넘어지는 그 의미 때문일까."라는 부분이다. 내 시 「폭설 아침」과 우연히 겹치는 사유 때문이다. 이건 숫제 표절에 가깝다. 아예 시 전문을 소개하겠다.

> 부드러운 눈이
> 꿋꿋한 대나무를 모두 휘어놓았습니다
>
> 소나무 가지를 찢어놓고

강철로 만든 차를 무덤으로 만들었습니다

크고 작은 지붕들을
폭 덮어 평등하게 만들었습니다

개 한 마리 함부로 짖지 않고
쥐새끼 한 마리 돌아다니지 않습니다

따악!
앞산에서 설해목 부러지는 소리 한 번

고요가 모두를 이긴
폭설 아침입니다

— 공광규, 「폭설 아침」 전문

　　스님의 산문과 내 시의 발상이 얼마나 유사한가. 오래전 그의 글을 읽고 받아들였던 것이 마음속 어디쯤에 자리 잡고 있다가 튀어나왔으리라. 이렇게 법정 스님의 수필은 내 젊은 날 방황의 배경이 되었고 사유 방식에 영향을 끼치며, 오래전부터 몇 가지 인생의 기준을 가르쳐주었다.

　　첫째가 취미의 철학이다. 법정 스님은 「나의 취미는」에서 바람직한 취미를 자신만 즐기는 것이 아니라 고결한 인품을 함양하고 생의 의미를 깊게 하여 함께 살아가는 이웃들에게도 긍정적인 영향을 끼쳐야 한다고 하였다.

　　　　　　　　　　　　　　　　우리는 영원하고 사랑도 그렇다

나는 원래 다투기 싫어하고, 경쟁을 싫어하는 성격이어서 그런지 화투나 낚시, 당구, 바둑, 장기, 게임 등 잡기를 전혀 할 줄 모른다. 그래서 명절에 모이거나 친구나 직장 동료들과 어울리면서도 이런 것들을 해본 적이 없다. 그야말로 재미없는 인생이다. 잡기를 못하니 젊어서는 집단에서 따돌림을 당하는 것 같은 생각이 들기도 하였지만, 지금은 오히려 잘 한 것 같다.

술자리를 만들고 술을 많이 마실지언정 이런 잡기를 하지 않은 것은 원래의 성격에다 법정의 글을 보면서 마음을 확고하게 굳혔기 때문이다. 당연히 학생이 아닌 청년 노동자 시절 나의 취미는 독서였고, 나이를 좀 먹어서는 맨발 산행이었다.

둘째는 공부 방법이다. 법정의 공부 방법이란 특별한 어떤 것이 아니다. 스님은 「인형과 인간」의 서두에서 자신의 생각의 실마리가 버스 안에서 흔히 이루어진다고 하였다. 선실(禪室)이나 나무 그늘에서 하는 사색은 한적하지만 어떤 고정관념에 갇혀 공허하거나 무기력해지기 쉽다는 것이다. 그런데 달리는 버스 안은 살아 움직이는 생동감을 느낄 수 있다는 것이다.

나는 고등학교를 졸업한 이래 대학 3, 4학년을 빼고는 지금까지 직장을 다녀야 하는 처지다. 그래서 돌아보건대, 내 시 창작과 공부는 거의 대중교통에서 이루어졌다고 생각한다. 대중교통을 교실 삼아 공부를 했던 것이다.

나는 지금도 일산 신도시와 서울을 오가는 버스나 지하철에서 여러 개의 무가지 신문을 읽고, 독서를 하고, 메모하고, 시를 읽거나 떠올린다. 구체적으로는 이렇게 한 권의 제법 두꺼운 책이 된 것이 『이야기가 있는 시 창작 수업』이다.

이 책이 쉽게 읽히는 이유는 뭘까? 책상 위에서가 아니라, 대중교통 속에서 많은 사람들과 부딪히고 자료를 만나면서 얻어진 것이기 때문일 것이다.

셋째는 사회를 보는 눈이다. 스님의 글에서 사회를 걱정하고 세태를 비판하는 글을 여기저기서 만났다. 스님은 산속에만 있었던 것이 아니고, 조계종 기관지인 『불교신문』 주필을 하고, 함석헌 장준하 등과 민주수호국민협의회를 결성하여 유신 철폐 개헌 서명에 참여하기도 하였다.

또 민주화운동에 앞장섰던 『씨알의 소리』 편집위원으로 활동하기도 하였다. 세상과 불교를 바꾸려고 노력한 개혁가였던 것이다. 스님의 글은 처음부터 사회의 위화감을 조성하는 취미로서 골프도 그렇지만, 난개발로 인한 환경 파괴와 부동산 정책 등 여러 가지 사회정치적 문제를 끊임없이 지적해왔다.

이를테면 『무소유』의 첫 글인 「복원 불국사」 마지막쯤에도 천년 묵은 절의 분위기를 망가뜨린 것을 서운해하고 아쉬워한다. 복원된 불국사에서는 그윽한 풍경 소리 대신 씩씩하고 우렁찬 새마을 행진곡이 울려 퍼지는 것 같다며, 개발독재의 풍경을 은근히 풍자하고 있는 것이다.

다른 글 「침묵의 의미」에서는 침묵의 중요성을 강조하면서도, 마땅히 입을 벌려서 말을 해야 할 때에도 침묵을 고수하려는 것은 비겁한 침묵이라고 하였다. 이 비겁한 침묵이 우리 사회를 얼룩지게 한다는 것이다.

법정 스님은 폐암 투병 중인 2008년 말 출간한 책 『아름다운 마무리』의 「한반도 대운하 안 된다」에서 정부의 4대강 사업을 비판하고 있다. 이명박 대통령의 공약 사업으로 은밀히 추진되고 있는 한반도 대운하 계획은 이 땅의 무수한 생명체로 이루어진 생태계를 크게 위협하고 파괴하려는 끔찍한 재앙이라는 것이다.

스님은 운하를 환영하는 사람들이 교통수단으로 이용하려는 것이 아니라 개발 사업으로 치솟는 땅값에 관심이 있는 땅 투기꾼들과 건설 공사에 관심이 있는 일부 건설업자라는 것을 잘 알고 있었다.

스님은 개발 욕구에 불을 붙여 국론을 분열시키면서까지 사업을 추진하는 이런 무모한 국책 사업이 계속된다면 커다란 재앙을 초래할 것이라고 경고하고 있다. 그래서 이런 무모한 구상과 계획은 어떤 희생을 치르더라도 우리가 사전에 막아야 하고, 이것이 우리의 신성한 임무라는 글을 남기셨다.

돌아보건대 이러한 법정 스님의 사회관은 내 시의 사회정치적 상상력에 많은 영향을 주었다. 내 시가 사회정치적인 내용이라는 이유로 오래전 직장에서 해고되어 한때 생활의 어려움을 겪기도 하였다. 그러나 사회정치적 상상력은 내 시의 중심적 상상력이기도 하다.

나는 지난 2008년 봄 경부 대운하를 반대하러 한국작가회의 회원들과 칠곡의 낙동강 걷기에 참여한 적이 있다. 돌아와서 시를 한 편 써서 발표하고 문학상을 받기도 하였으니 법정 스님의 영향이 아니고 무엇이랴. 그때 쓴 「놀란 강」이라는 제목의 시 전문은 다음과 같다.

강물은 몸에
하늘과 구름과 산과 초목을 탁본하는데
모래밭은 몸에
물의 겸손을 지문으로 남기는데
새들은 지문 위에
발자국 낙관을 마구 찍어대는데
사람도 가서 발자국 낙관을
꾹꾹 찍고 돌아오는데
그래서 강은 수천 리 화선지인데
수만 리 비단인데
해와 달과 구름과 새들이
얼굴을 고치며 가는 수억 장 거울인데
갈대들이 하루 종일 시를 쓰는
수십억 장 원고지인데
그걸 어쩌겠다고?
쇠붙이와 기계 소리에 놀라서
파랗게 질린 강

— 공광규, 「놀란 강」 전문

법정 스님이 돌아가신 지 한 달여가 되어가는 지난 2010년 4월 3일,

우리는 영원하고 사랑도 그렇다

나는 여주 신륵사 앞 여강선원 앞에서 환경단체와 벌이는 4대강 사업 반대 집회에 한국작가회의 회원들과 다녀왔다. 거기에 가서 법정 스님이 항상 우려하던, 생명을 경시하는 개발지상주의 정부의 만행 현장을 확인하고 돌아온 것이다.

넷째는 종교관이다. 스님의 글 「불교의 평화관」은 나의 종교관에 영향을 주었다. 전쟁과 대량학살의 상황에서 종교가 부동자세로 청산백운이나 바라보며 초연하려 한다면 그런 종교는 없는 것만 못하다는 것이 그의 지론이다.

또 그는 일체 중생이 부딪치고 있는 문제는 종교의 과제이기 때문에 평화에 대한 염원과 노력은 오늘의 종교가 문제 삼아야 할 가장 중요한 과제라는 것이다. 함께 살고 있는 이웃에게 보시와 자비는 물론 국제간에도 경제적인 불균등한 분배 문제를 지적하고 있다. 이러한 불균등한 분배가 평화를 깨뜨린다는 것이다.

거기다가 종교라는 것이 하나에 이르는 개별적인 길이며, 그러므로 종교는 인간의 수만큼 많다고 하였다. 스님의 이런 글을 읽으면서 나는 다른 종교에 이질감을 갖지 않고 열린 종교관을 갖게 된 것이다.

법정 스님의 수필에 애정을 갖고 계승하려고 내가 몇 가지 노력한 것이 있다. 문학 교실에서 만난 사람들 가운데 수필을 공부하는 사람들에게는 집에 있던 법정 스님의 수필을 가져다주며 꼭 필사를 하면서 문장 공부를 하라고 한 적이 한두 번이 아니다.

스님이 돌아가시면서 책을 출판하지 말라는 유언을 남겼다는 말을 듣고 책장을 뒤져보니 다른 사람에게서 선물로 받은 『아름다운 마무리』 한 권뿐이었다.

내가 글을 쓸 때 자주 열어보는 책 가운데 하나는 1963년에 나온 『우리말 팔만대장경』이다. 당시에 젊었을 법정 스님이 해인사 한직으로 있으면서 청담 스님, 성철 스님과 함께 편찬위원으로 참여했던 책이다. 헌책방에서 구한 이 책은 색인이 잘 되어 있어 불교 지식이 약한 나에게 많은 도움을 주고 있다.

이렇게 나는 법정 스님의 문장을 10대 후반에 책으로 만나 스승을 삼았다. 내가 사랑한 스님의 정신은 내 사유 방식과 문장의 그림자로 따라다니고 있다.

우리는 영원하고 사랑도 그렇다

김수영에게 사랑은
곧 죽음이면서 동시에 사랑이다.
죽음의 극한에까지 이르는
절실한 생명 그 자체가 사랑인 것이다.
그 사랑은 윤동주가
"모두 죽어가는 것을 사랑해야지."라고 했던
사랑과도 가까운 거리에 있을 거 같다.
죽어가는 극한의 것을 사랑하는 사랑 말이다.

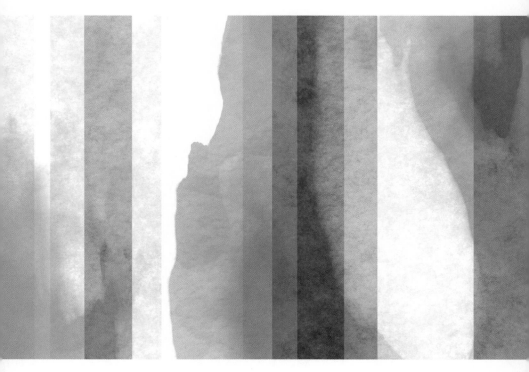

김웅교

유동하는 자본주의 시대의 인스턴트 사랑 |
사랑을 배웠다, 부서진 너로 인해

김응교

연세대학교 신학과를 졸업하고 같은 대학원 국어국문학과에서 박사 학위를 받았다. 와세다대학교 객원교수를 거쳐 숙명여자대학교 교수로 재직 중이다. 저서 『한국사와 사회적 상상력』『박두진의 상상력 연구』『시인 신동엽』『이찬과 한국 근대문학』『그늘 : 문학과 숨은 신』『한일쿨투라』 등이 있다.

유동하는 자본주의 시대의 인스턴트 사랑

— 지그문트 바우만, 『리퀴드 러브』

독특한 책읽기 체험을 했다. 틀이 잡혀 있는 글이라기보다는 짧은 아포리즘이나 에세이가 마구 흐르는 글이었다. 방금 '흐르는'이라고 썼는데 이 책 제목의 한 부분인 리퀴드(liquid), 곧 '흐르는' 액체를 더듬는 기분이다. 처음엔 그의 표현 방식을 이해하기가 버거웠다. 잠시라도 멍 때리면 손에 잡히지 않는 글이었다. 시간이 지날수록 어떤 규칙이 눈에 들면서 읽었다.

학술적인 문체보다, 에세이 혹은 팡세식의 이런 성찰형 문체는 현실을 뛰어넘어 본질에 다가가는 시도가 아

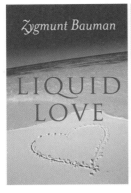  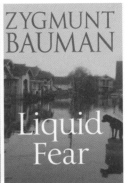

닐까. 마치 니체가 사회학을 공부한 뒤 쓴 글 같다라고나 할까.

자본주의와 인스턴트 사랑, 한번뿐인 사랑

이 책 제목에서 러브(Love)는 남녀 사이의 사랑을 넘어 모든 인간 관계를 의미한다. 제목에서 주목해야 할 단어는 '리퀴드'라는 단어다. 바우만은 제목에 '리퀴드'가 제목에 들어 있는 책을 여러 권 썼다. 『유동하는 공포(Liquid Fear)』, 『유동 근대(Liquid Modernity)』 등이 있다. 이른바 '액체 근대' 시리즈라고 한다.

사회 자체가 '리퀴드' 상태다. 바우만의 이론과 저서의 핵심은 리퀴드 곧 유동성이다. 현대 사회의 특성을 '흐르는(liquid)' 것으로 파악하는 그는 '액체 근대(Liquid Modernity)'라는 개념을 창안한다. 자본과 노동에 의해 견고하게(solid) 매여 있던 세상은 사라졌다. 현대사회는 흘러가기만 하고 모든 것이 불안정하다. 사람들은 얽매여 있지 않으려

우리는 영원하고 사랑도 그렇다

하고, 끊임없이 흐르려 한다. 이 책의 출발은 유동성에서 출발한다.

어쨌든 단지 느슨하게만 묶일 필요가 있다. 여건이 바뀌면 바로 다시 풀어버릴 수 있도록. 유동적 현대에는 분명히 그렇게들 할 것이다. 몇 번이고 반복해서 말이다. 인간들 간의 유대의 이처럼 기묘한 취약함, 그러한 취약함이 야기하는 불안감, 그러한 불안감이 재촉하는 상충적인 욕구, 즉 유대를 긴밀하게 하려는 동시에 느슨하게 유지하려는 상충적인 욕구가 바로 이 책에서 풀어보고 기록하고 파악해보려는 것이다.

　　　　　　　　　　　　　　—『리퀴드 러브』, 18면(이후 면수만 적으려 한다)

바우만은 이 책에서 4장으로 나누어 디지털 자본주의에서의 사랑을 분석한다.

1장 '사랑에 빠지기와 사랑에서 빠져나오기'에서 노학자는 사랑이 어떠한 방식으로 변화됐는지, 소비가 혈연관계를 어떻게 변화시키는지, 차가운 현실을 걱정 어린 눈빛으로 서술한다. 가령 인간의 사랑은 자본주의 시장의 상품처럼 변해버렸다고 한다.

만약 결함이 있거나 '충분히 만족스럽지' 않을 경우 설사 AS가 제공되지 않거나 약간의 환불 보장이 포함되어 있지 않더라도 다른 제품으로, 바라기로는 더 큰 만족을 줄 제품으로 교환될 것이다…(중략)… 파트너 관계가 이러한 규칙의 예외가 되어야 할 무슨 이유라고 있는가. (54면)

새로 구입할 신형 핸드폰처럼 사랑할 파트너를 선택하고, 쓸모없어 버릴 구형 핸드폰처럼 이제는 헤어질 파트너를 폐기물로 버리는 현실이다.

상품으로서의 자식 사랑

2장 '고아가 된 성적 동물'에서는 남녀의 섹스가 시장경제 아래 상업적 유희가 된 사회를 분석한다. 인상 깊었던 부분은 사랑의 방식 변화 그리고 출산에 대한 생각 변화다.

영원한 사랑을 잃은 대중은 일시적 사랑을 반복할 뿐이다. 결혼은 구속이며, 아이를 갖는 것은 경제성이 없는 투자일 뿐이다.

> 아이는 보통의 소비자에게 평생 구입하는 것 중 최고가 구입품 중의 하나이다 …(중략)… 아이를 갖는 것은 직업적 야심을 낮추거나 '직업을 포기해야 하는 것'을 의미할 수도 있는데, 직업 수행을 평가하는 사람들은 충성심이 조금이라도 분산되는 것을 불신의 눈길로 바라볼 것이기 때문이다. …(중략)… 산후 우울증이나 출산 후의 부부(또는 파트너) 관계의 위기는 거식증이나 폭식증, 무수한 변종 알레르기와 마찬가지로 특히 '유동적인 현대'에 고유한 질병처럼 보인다.(114~116면)

'결혼과 출산을 기피하는 풍조'는 리퀴드 현대에서는 너무도 당연한 '고유한 질병'이다.

바우만이 보기에 현대인들은 '관계(relationship)'라는 용어 대신 '연결

우리는 영원하고 사랑도 그렇다

하기(connection)'이라는 용어를 더 선호한다고 한다. '관계'가 현실적이고 직접적이라면, 연결은 가상적이고 간접적이다. SNS의 '연결'(혹은 접속)처럼 상대가 마음에 안 들면 끊어버리면 그만이다.

> '접속되어 있는 것'이 '관계를 맺는 것'보다 비용이 적게 든다. ─ 하지만 또한 유대를 형성하고 유지한다는 측면에서는 훨씬 덜 생산적이다. (156면)

가상적 인접성의 연결 혹은 접속이 '나'를 묶어놓는 관계보다는 자유롭다. 성찰이 없는 단지 '인터넷 데이트' 접속으로서의 섹스, 가족관계나 섹스의 기억도 여차하면 클릭하여 삭제할 수 있는 사회다. 이 사회에서 장기간에 걸친 헌신은 드물고, 장기간 사귀는 일은 기대하기 어려워진다.

이웃 사랑은 가능한가

3장 '네 이웃을 사랑하기'는 왜 그렇게 어려울까'와 4장 '함께함/연대의 해체 : 인류의 운명인가'에서는 타자와 이방인을 어떻게 대하고 있는지 분석한다. 이 책은 시종 현대 인문학과 철학의 난제인 '타자'와 '차이'에 관해 날카로운 분석한다.

> 현대국가는 '무국적자들(stateless persons)', 불법체류자들 그리고

살 가치가 없는 삶(unsertes Leben)이라는 이념과 동시에 등장했다. 이것은 '호모 사케르(homo sacer)', 즉 인간의 법과 신의 법의 한계 밖으로 내던져진 인간은 누구든 면제시키고 배제할 수 있으며, 어떤 법도 적용되지 않는다. (278면)

도시 안으로 들어오는 외부자에 대한 혐오감이 왜 형성됐는지, 어떻게 이웃을 사랑할 수 있는지, 문제를 제기하고 대안을 고민하게 한다. 바우만은 이방인과 루저들을 '인간쓰레기'로 폐기 처분하는 현대 사회를 그대로 증언한다. 그러면서 인간쓰레기는 처리 산업으로까지 발전한다고 드러낸다.

외국인이나 이민자와 같은 낯선 이들을 혐오감으로 대하는 이기적 인간은 이제 평범한 일상이 되었다. 브라질의 거대도시 상파울루를 예로 들어 사생활 보호라는 이유로 담을 높이며 스스로 격리시키는 도시의 품격은 이미 세계에 일반화되었다. 동질적 의식을 느끼는 공동체와만 교류하는 이들에 대한 바우만이 보여주는 통찰은 너무도 익숙하다.

'사랑학'이라고 해야 할까. 지금까지 많은 현자들이 사랑에 관해 논해왔다. 플라톤의 『향연』은 고대 형이상학의 관점에서 사랑을 논했다. 에리히 프롬의 『사랑의 기술』은 나치즘이라는 폭력 사회의 도래에서 자기애, 형제애, 모성애, 성애, 신앙을 구분해서 나누고 있다. 알

우리는 영원하고 사랑도 그렇다

랭 바디우의 『사랑 예찬』은 진리 사건이라는 그의 철학적 시각에서 예술, 정치 등의 시각에서 사랑을 논한다. 한병철의 『에로스의 종말』은 분열된 사회 속에서 진정한 사랑을 논한다.

사랑에 관한 이러한 분석을 바우만은 무시하지 않는다. 참고문헌을 보면 1장에서는 에리히 프롬을, 3장과 4장에서는 아감벤을 많이 참조한 것을 볼 수 있다.

『리퀴드 러브』에서 예로 든 내용들은 이미 우리가 알고 있는 것이다. 한 문장에 세계의 고뇌를 압축하는 특유의 아포리즘이 익숙한 문제를 잠시 낯설게 매혹시키지만, 문제 해결을 위한 대안은 아쉽게도 평이하다.

> 자신을 사랑하듯 네 이웃을 사랑하라는 것은 상호간의 독특성을 존중한다는 것을 의미할 것이다―우리가 다르다는 것이 우리가 함께 거주하는 세계를 윤택하게 하고, 그렇게 함으로써 훨씬 더 멋지고 유쾌한 장소로 만들어주며, 약속의 보고를 한층 더 풍요롭게 해주는 가치를 갖는 것이다. (192면)

"연대의 필요는 시장의 공격도 견뎌내고 살아남는 것과 같다."(172면)고 간혹 대안을 살짝 언급하지만, 알랭 바디우 책들처럼 대안을 제시하는 책은 아니다.

굳이 이 책에서 바우만이 우리에게 주는 숙제가 있다면 첫째 인간이란 존재에 대해 다시 성찰하게 하고, 둘째 타자의 차이(혹은 독특성)를 존중하는 마음이 주류가 될 수 있도록 공동체의 의식 변화가 필요하다는 언급 정도다. 책을 읽으며 바우만의 번득이는 문체에 밑줄을 긋기는 하지만, 결국 우리 현실을 다시 고민하게 할 뿐이다. 청년 실업, 독거노인 문제, 비정규직 문제, 게다가 분단 문제까지 잠시도 쉬지 않고 흔들리며 유동하는 한국 사회에서의 대안은 오로지 살아 있는 우리의 몫일 뿐이다.

우리는 영원하고 사랑도 그렇다

사랑을 배웠다, 부서진 너로 인해

— 김수영, 「사랑」

며칠 전 성매매 경험 여성, 탈북 새터민, 연변 조선족 여인 앞에서 김수영 시를 강의했다. 몇몇은 두뇌세포가 파괴된 장애를 가진 분들이었다. 김수영 시에서 '자유, 고독, 여성, 사랑'이라는 네 가지 코드로 시 세 편을 해설 없이 두세 번 읽었다. 가방 끈이 짧다는 콤플렉스가 있는 분들에게 과연 김수영이 어떻게 읽힐지 조심스러웠다. 함께 읽었던 시는 「푸른 하늘을」, 「여자」, 「사랑」이었다. 서로 느낌을 나누었고, 대화했다. 그 후에 내가 설명했다.

"여자는 집중된 동물이다."(「여자」)라는 구절을 나누며, 어떻게 집중해서 살아왔는지 대화를 나눴다. 어떤 분은 토로하듯, 폭력으로 지낸 세월을 얘기했고, 폭식에 집중해서 살아온 세월을 한탄했다. 김수영 시인의 시가 이분들의 마음을 서서히 열어놓았다. 김수영 시를 읽으

며 몇 명은 조용히 눈시울을 붉혔다. 거의 평생 몸을 팔아왔던 60대의
○○ 씨는 휴지로 연신 눈물을 찍어냈다. 티켓 다방에서 일하다가 그
일을 끊고 거식증에 걸려 100킬로가 넘는 거구로 살아가는 △△이도
고개 숙이고 손등으로 눈물을 훔쳤다. 7년 동안 구금 상태에서 성매
매를 강요받고 술과 약을 주입받아 뇌세포가 파괴되었다는 ㅁㅁ이도
조금 눈끝이 흔들렸다. 김수영 시에는 서러움이 있구나, 설움의 힘이
있구나, 힘을 주는구나, 라는 것을 처음 확인하는 자리였다. 우리는
과연 무엇을 사랑하며 살아왔는지. 무엇에 집중하며 살아왔는지. 그
날 우리에게 마지막으로 따스한 위로를 준 시는 「사랑」(1961)이었다.

> 어둠 속에서도 불빛 속에서도 변치 않는
> 사랑을 배웠다 너로 해서
>
> 그러나 너의 얼굴은
> 어둠에서 불빛으로 넘어가는
> 그 찰나에 꺼졌다 살아났다
> 너의 얼굴은 그만큼 불안하다
>
> 번개처럼
> 번개처럼
> 금이 간 너의 얼굴은
>
> — 김수영, 「사랑」 전문

우리는 영원하고 사랑도 그렇다

김수영 시의 핵심을 뭐라고 생각하는가 누가 묻는다면, 나는 '사랑'이라고 말할 거 같다. 사랑 때문에 분노하고, 사랑 때문에 전통을 사랑하고, 사랑 때문에 치열하게 풍자하고 싸우는 것이 김수영의 작풍이다. 김수영의 사랑에 대해 쓰자면 책 한 권이 될 듯싶다.

너로 인해 배운 사랑은 무엇인가.

진짜 사랑은 절망이 가득한 "어둠 속에서도" 반대로 성공이 가득한 "불빛 속에서도" 변하지 않는다. 소설 『위대한 개츠비』를 보면 주인공 개츠비가 가난한 집에서 성장했고 학벌도 없다는 사실을 안 데이지는 그 "어둠 속에서" 개츠비를 외면한다. 그것은 사랑이 아니다. 진정한 사랑은 어둠이건 빛이건 변치 않는 사랑이다. 슬플 때나 기쁠 때나 언제나 함께 있는 것 자체가 '변치 않는 사랑'이다. 진정한 사랑은 어떠한 악조건에서도 변치 않는다.

그런데 2연에서 그 사랑이 불안해 보인다. 나에게 그토록 변치 않는 영원의 사랑을 가르쳐준 '너'의 얼굴은 오히려 가변적이고 흔들리며 불안스럽다. 그러면 어떻게 된 일인가. '너'는 완전하지 못하고 어떠한 고통, 시련에 부닥쳐 있다. 이 불안 속에서 화자는 관념적으로 "너"를 보는 것을 넘어 "너의 얼굴"을 본다, 너의 영혼, 너의 슬픔, 너의 그늘을 보는 것이다. 존재의 동반자로서 '너'의 불안과 동반하는 것이다.

3연에서 아픔을 겪고 있는 '너'의 얼굴을 번개처럼 금이 갔다고 표현한다. 어둠과 불빛으로 꺼졌다 사라지는 것은 번개 불빛의 속성이다. 번개 불빛이 번쩍이면 금새 더 어두워지는 속성이 있다. 순간 번쩍이고 칠흑 어둠을 만들어내는 '번개'는 인간의 삶을 무시하는 비정(非情)한 폭력이다. 동시에 '귀한 것이 찰나에 잠깐 나타나는' 에피파니(Epiphany) 곧 현현(顯現)의 순간으로 볼 수도 있겠다. 갑작스럽게 진리를 목도하는 사람은 불안하다.

"번개처럼"이라는 말이 두 번 반복되었다는 것은 비정한 폭력이 두 번 혹은 여러 번 반복되었다는 것을 암시한다. 아니면 감당할 수 없는 '일회적 순간'(발터 벤야민)을 체험하는 순간이라 할 수도 있겠다. 번개 불빛이 반짝이는 바로 그 순간에 화자는 "금이 간 너의 얼굴"을 본다. "금이 간 너의 얼굴"은 훼손된 얼굴이다. 이 얼굴은 타자의 얼굴이며 동시에 화자 자신의 얼굴일 수도 있겠다.

여기서 '너'는 누구일까. 발표된 시는 독자의 것이기에 어떻게 생각해도 좋다.

첫째는 연애시에 나오는 연인으로 읽는 방식이다.

"김 시인(김수영)은 초고를 원고지에다 안 쓰고 백지에 썼어. 이 양반은 원고지도 뒤집어서 백지에 썼지. 초고가 완료되면 무조건 나를 부르는 거지. 제일 왕성할 때는 마포 구수동에 살림을 차렸을 때였어. 구공탄에 밥을 짓는데, 그 밥이 부글부글 끓을 때 서재로 나를 부르는 거야. 그러면 나는 밥이 탈까 아예 솥을 내려놓고 들어갔지."라고 했던 아내 김현경 씨를 연모하는 연애시로 생각할 수도 있겠다.

'너'를 특정인이 아닌 사랑하는 사람으로 생각할 수 있겠다. 사랑하

우리는 영원하고 사랑도 그렇다

는 사람은 연인이 될 수도 있고, 아내가 될 수도 있으며, 자식이 될 수도 있겠다. 화자는 어떠한 상황 속에서도 변치 않는 사랑을 '너'에게서 배운다. 어둠에서 불빛으로 넘어가는 '찰나의 순간'에 너의 모습은 불안하다.

둘째는 참여시의 대상이 되는 조국이니 민주주의로 읽을 수도 있겠다.

이 땅에서 어려움을 겪었던 민중 혹은 조국 혹은 민주주의라고 해도 좋겠다. 식민지와 한국전쟁은 "어둠 속에서도 불빛 속에서도" 변치 않는 사랑을 '나'(민초)에게 가르쳐준 사건이었다. 곧 내 마음속에서 사랑의 열정이 끊임없이 일어나도록 '너'는 가르쳐주었다, 그런데 번개처럼 번개처럼 막 4·19라는 미완성 아니 실패한 학생혁명을 겪으며 불안한 "금 간 얼굴"을 하고 있는 것이다. 진정한 민주주의를 회복하지 못하고 번개 맞고 또 번개를 맞은 금이 간 민주주의의 얼굴이라고 생각할 수도 있겠다.

그런데 연애시나 참여시 이전에 김수영의 무의식에 어떤 힘이 사랑을 역동시키고 있느냐가 중요하다. 가장 중요한 것은 김수영의 사랑은 "죽음이 없으면 사랑이 없고 사랑이 없으면 죽음이 없다."(김수영, 「나의 연애시」)는 고백처럼, '사랑 곧 죽음'이기도 하거니와 "그들의 생명을, 그들의 생명만을 사랑하고 싶다."(김수영, 윗글)는 고백처럼 '사랑 곧 생명'이기도 하다. 김수영에게 사랑은 곧 죽음이면서 동시에 사랑이다. 죽음의 극한에까지 이르는 절실한 생명 그 자체가 사랑인 것이다. 그 사랑은 윤동주가 "모두 죽어가는 것을 사랑해야지."(「서시」)라고 했던 사랑과도 가까운 거리에 있을 거 같다. 죽어가는 극한의 것을 사랑하는 사랑 말이다.

모두 죽어가는 것을 사랑하는 윤동주처럼,
김수영은 "금이 간 너의 얼굴"을 사랑하고자 한다.
금이 간 너의 과거, 깨져버린 너의 가족, 깨진 너의 상처를 사랑하고자 했다.
분명히 기억하자.
우리에게 사랑을 가르쳐주는 존재는
온전하고 번듯하고 말끔한 얼굴이 아니라,
저 깨어지고 금이 가고 지치고 훼손된 얼굴이다.

나는 아내가 언제 시를 쓰는지, 어떤 시를 쓰는지,
어느 잡지에 발표하는지 잘 모른다.
잡지에 발표한 것을 보아도 꼼꼼하게 읽지 않는다.
언젠가 시집으로 읽게 될 것이라고
생각하기 때문이고
또 시를 잘 쓸 것이라고 믿기 때문이다.

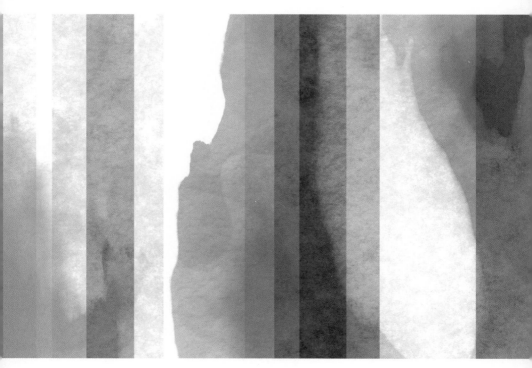

맹문재

시인 아내 | 실버들의 강물 소리

맹문재

1963년 충북 단양에서 태어나 고려대학교 국어국문학과 및 같은 대학원을 졸업했다. 1991년 『문학정신』으로 작품 활동을 시작했다. 시집 『먼 길을 움직인다』 『물고기에게 배우다』 『책이 무거운 이유』 『사과를 내밀다』 『기룬 어린 양들』, 시론집 『한국 민중시 문학사』 『시학의 변주』 『만인보의 시학』 『여성성의 시론』 등이 있다. 안양대학교 국어국문학과 교수이다.

시인 아내

가끔 주위 사람들로부터 시인 부부로 살아가는 데 특별히 좋은 점이 있는지, 불편한 점이 있는지, 시를 쓸 때 서로 의논하는지, 또는 남다른 생활 방식이 있는지 등을 질문받는다. 그럴 때마다 나는 사는 게 다 비슷하지요, 라고 대답한다. 언뜻 보면 무성의하고 재미없는 대답 같지만 실상이 그렇다. 나는 아내를 시인으로만 여기지 않는다. 아내도 나를 그렇게 대할 것이다. 서로는 집안에서 특별히 시인이라는 점을 내세우며 살아온 적이 없기 때문이다. 이렇듯 우리는 시를 쓰지 않는 일반 가정의 부부와 별반 다르지 않게 살아가고 있다.

아내는 시인이기에 앞서 직장인이고 가정주부이다. 결혼한 뒤 지금까지 직장생활을 해오고 있고, 상황에 따라 내가 집안일을 돕기도 하지만 아이들을 돌보는 일이며 살림살이를 맡고 있는 것이다. 따라서 아내는 바쁘고 힘들다. 나는 그러한 아내에게 시인으로만 살아갈 수 있는 여건을 마련해주고 싶다고 생각하지만, 능력도 부족하거니와 시만 쓰는 시인의 삶이란 안일하고 허약한 것이라는 엉뚱한 명분으로 미루고 있다.

그래도 나는 아내에게 시인의 여건을 최대한 마련해주려고 한다. 그 한 모습이 아내의 시 쓰기에 가능한 한 관여하지 않는 면이다. 내가 아내의 시 쓰기에 애정을 가지고 관심을 보이기 시작하면 그것이 도움이 될 수도 있겠지만, 실제는 간섭이 되기가 쉽다. 나의 관심이 오히려 아내의 시 쓰기에 방해가 될 수 있다고 생각하는 것이다. 그래서 나는 아내가 자유롭게 시를 쓸 수 있도록 최대한 거리를 두고 지낸다. 나는 아내가 언제 시를 쓰는지, 어떤 시를 쓰는지, 어느 잡지에 발표하는지 잘 모른다. 잡지에 발표한 것을 보아도 꼼꼼하게 읽지 않는다. 언젠가 시집으로 읽게 될 것이라고 생각하기 때문이고 또 시를 잘 쓸 것이라고 믿기 때문이다. 가끔 주위의 시인이나 평론가로부터 이선영 시인의 어떤 작품이 좋다는 말을 듣지만 나는 뚜렷한 대답을 하지 못한다. 아내에게 그 말을 전해주지도 않는다. 해당 작품을 제대로 읽어보지 않았기 때문에 어쩔 수 없는 일이다.

내가 시인 아내에게 배우는 점이 있다면 이 세계에 대한 이해심이다. 한 예로 아내는 주위의 친지들이 답답해할 정도로 아이들에게 관대하다. 나는 아이들이 아침에 늦게 일어나는 것에 속상해하지만 아내는 그냥 좀 두라고 오히려 나를 나무란다. 어떤 날은 늦게 일어나

우리는 영원하고 사랑도 그렇다

아침밥도 먹지 못하고 학교를 가는데도 아이들을 그냥 둔다. 아이들에 대한 깊은 애정으로 이해하고 믿는 것이다. 좋은 시인이 되려면 이와 같이 인연의 대상들을 가능한 한 포용하는 마음을 가져야 하는 것이 아닌가.

내가 천사를 낳았다
배고프다고 울고
잠이 온다고 울고
안아달라고 우는
천사, 배부르면 행복하고
안아주면 그게 행복의 다인
천사, 두 눈을 말똥말똥
아무 생각 하지 않는
천사
누워 있는 이불이 새것이건 아니건
이불을 펼쳐놓은 방이 넓건 좁건
방을 담은 집이 크건 작건
아무것도 탓할 줄 모르는
천사

내 속에서 천사가 나왔다
내게 남은 것은 시커멓게 가라앉은 악의 찌끄러기뿐이다
— 이선영, 「내가 천사를 낳았다」 전문

아내는 아이를 '천사'라고 여길 정도로 친척 및 친지들과 그리고 주위의 사람들을 소중하게 여기는 마음을 가지고 있다. 가끔씩 모기도 잡지 못해 내가 사냥꾼으로 나서야 하므로 힘들다고 투덜대지만, 가만히 생각해보면 그것도 시인의 마음으로 이해할 수 있다.

나와 아내는 결혼 후 다섯 권의 시집을 각각 간행했다. 다시 시집을 내게 되겠지만 나는 아내에게 시가 좋다는 평을 우선적으로 받고 싶다. 아내는 남편이라는 사실에 개의치 않고 객관적으로 나의 시를 평할 것이다. 또한 아내는 내가 민중이나 이데올로기, 노동자, 계급 같은 가치를 지향해도 선입견으로 반대하지 않을 것이다.

아내 역시 남편인 내게 칭찬을 들을 수 있도록 좋은 시를 계속 썼으면 좋겠다. 나 또한 아내라는 점 때문에 어떤 가산점도 주지 않고 시를 평할 것이다. 그렇지만 나는 아내에게 좋은 시라거나 또는 그렇지 못하다는 말을 하지 않을 것이다. 대신 지금껏 해왔듯이 마음속으로만 할 것이다. 부득이 해야 된다면 좋은 시라고 말할 것이다. 나는 시인 아내에게 배운 점이 있기 때문이다.

우리는 영원하고 사랑도 그렇다

실버들의 강물 소리

"한갓되이 실버들/바람에 늙고/이내 몸은 시름에/혼자 여의네~."

아니, 지호야! 그 노래 어디서 배웠니? 외갓집에 다녀온 여섯 살 된 작은아이가 흥얼거리는 노랫소리에 나는 깜짝 놀랐다. 나의 놀란 반응에 아이는 순간 대답을 못 하고 아빠를 그냥 쳐다보고 있다. 혹 자신이 잘못한 것은 아닐까 하고 눈치를 살피는 것이다. 그때 큰아이가 얼른 대답을 해준다. 외할머니가 좋아하는 노래여서 외삼촌이 드라이브할 때 틀었는데, 지호가 들어서 배운 거라고.

〈실버들〉…… 얼마 만에 듣는 노래인가. 내가 중학교 다닐 때 불렀으니까 거의 30년 만에 듣는 것이다. 나는 둑에서 강물이 흘러 내려가는 것을 내려다보며 이 노래를 불렀다. 강둑에는 실버들이 길게 늘어져 일렁이고 있어 나의 어린 가슴을 흔들었다. 더욱이 실버들 사이를 뚫고 길 저쪽에서 한 여학생이 자전거를 타고 내 곁을 지나가곤 해, 나는 부끄러워하며 고개를 돌렸다. 서리가 내린 늦가을 날에는 그 둑길을 걸으며 나의 장래를 꿈꾸기도 했다. 시골 학교 국어 선생이 되어 좋아하는 시와 소설을 마음껏 읽기를 희망했던 것이다.

어느덧 그러한 날들이 안개처럼 지나갔다. 그리고 그곳에 가볼 수 없게 되었다. 충주댐이 들어서는 바람에 강둑까지 물속에 잠기는 운명이 된 것이다. 실버들 길을 지나면 우시장, 우시장을 지나면 골목길, 골목길을 지나면 중학교, 그리고 할머니와 함께 자취하던 방…….

작은아이가 〈실버들〉을 좋아한 이유는 무엇일까? 아무래도 노래 가사의 의미보다는 노랫가락이 좋아서일 것으로 보인다. "실버들을 천만사/늘어놓고/가는 봄을 잡지도/못한단 말인가/이 몸이 아무리/아쉽다기로/돌아서는 님이야/어이 잡으랴/한갓되이 실버들/바람에 늙고/이내 몸은 시름에/혼자 여의네/가을바람에 풀벌레/슬피 울 때에/외로운 밤에 그대도/잠 못 이루리"(김소월의 시 「실버들」)라는 가사에서 보듯이 떠난 님을 그리워하는 노래인데, 노랫가락에 인생의 애환이 담겨 있다. 누구나 겪는 아쉬움과 안타까움과 힘듦이 노래의 음에 들어 있는 것이다. 그렇다면 여섯 살 된 아이도 살아가기가 힘들어 이 노래에 공감하고 있다는 말인가?

아이에게 〈실버들〉 노래를 들려줄까 물어보았다. 아이는 좋아라고 했다. 나는 인터넷에서 음악 검색을 통해 노래를 찾아 틀었는데, '희

우리는 영원하고 사랑도 그렇다

자매'의 구성원이었던 가수 '인순이'가 부르는 노래가 나왔다. 나와 아이는 노래를 따라 부르기 시작했다. 다소 서글픈 노래였지만 서로 웃으면서 불렀다. 나는 30년이란 세월이 참으로 그립고 아쉬워 눈물이 다 나오려고 했지만 참고 웃으며 불렀고, 아이 역시 제 나름대로 진지한 표정을 지으면서 즐겁게 불렀다.

> 너의 손끝에서는 밤새 뒤척이며 흐르는
> 강물 소리가 들리지
> 나는 새벽마다 윤슬처럼 빛나는 그 소리를 들으며
> 하늘같이 어려운 지도를 풀어 나가지
> 제철소의 용광로 연기를 밤새워 마시는 동안에도
> 너의 강물 소리를 들으며
> 나는 기름 범벅인 피장갑을 아껴서 끼었네
> 먼 길에서 못 돌아오는 사람들을 떠올렸고
> 사랑하는 골목길에 연애편지를 부쳤네
> 기미독립선언서를 큰소리로 외웠고
> 수학 문제를 풀 듯 일기를 썼네
> 노동법을 새끼줄 같은 밑줄을 치며 읽었고
> 철조망 가에 붙은 현수막들을 눈여겨 보았네
> 너의 손끝에서 들리는 강물 소리에는
> 배신할 수 없다는 눈빛이 들어 있지
> 황사바람 속에서도 겨울 벌판에서도 늙어가면서도
> 슬퍼하거나 원망하지 않고
> 나의 해진 신발을 꿰매어주지

맹문재 실버들의 강물 소리

오늘은 나의 아이와 함께
너의 손끝에서 들리는 강물 소리를 듣네
"가을바람에 풀벌레 슬퍼 울 때엔
외로운 밤에 그대도 잠 못 이루리"* 따라 부르며
하늘같이 어려운 지도를 다시 읽네
어느덧 나의 손끝에 새잎이 돋아나네

— 맹문재, 「실버들의 강물 소리」 전문

우리는 영원하고 사랑도 그렇다

제 키를 높여 햇빛을 독차지하려는 무한경쟁
사회에서 아무에게도 피해를 주지 않고
스스로 빛나는 생존 전략.
라이너 쿤체는 "시란 조용한 인식을 매개하는
'맹인의 지팡이' 같은 것"이라고 했다.

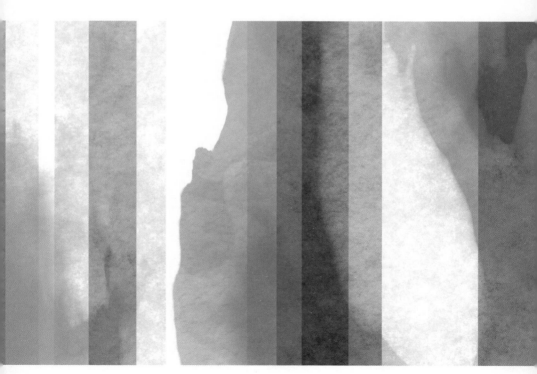

박설희

신발 | 스스로 빛나기

박설희

2003년 『실천문학』으로 작품 활동을 시작했다. 시집 『쪽문으로 드나드는 구름』
『꽃은 바퀴다』 등이 있다.

신발

　첫 출근을 하는 딸의 뒷모습을 본다. 새 구두, 새 바지, 새 외투…… 어떤 길도 걸어본 적 없는 저 구두를 신고 아이는 어떤 길을 걷게 될까. 아스팔트와 보도블럭과 흙길을 걸으며 때로 발뒤꿈치가 까지고 발톱에 피멍이 들고 발바닥이 화끈거리기도 할 것이다. 가기 싫은 길, 가야 할 길, 가고 싶은 길 사이에서 포기할 것과 선택할 것을 가릴 테고 그 길 위에서 누군가를 만나서 사랑에 빠져 얼마 지나지 않아 제 분신을 데리고 또 다른 길을 걷고 있을 것이다.

　늦지 않으려 부리나케 현관문을 닫는 소리를 들으며 돌아서는데 문득 생각나는 사람이 있다. 때 묻은 운동화를 손으로 빨면서 '이 신발을 신고 아이가 길을 잃지 말고 학교를 제대로 찾아갔으면, 학교에서 올 때에도 헤매지 말고 집을 제대로 찾아왔으면' 하는 생각을 수없이 한다고 했다. 지적장애아를 둔 어머니였다. 아이들이 학교에 가 있는, 하루 중 유일한 자기만의 시간에 복지관에서 진행하는 문학 강좌에 나온 것이다. 매시간 그들의 고통이 고스란히 전해져 같이 울기도 하면서 진행했던 수업이었다.

아이의 운동화를 빨며 그렇게 간절한 마음이 돼본 적이 있었던가. 내게는 너무도 당연한 일이 누군가에게는 기적이었던 것이다.

가장 충격적이었던 것은 "내일 지구가 멸망한다면 무엇을 하겠는가"라는 질문에 대한 대답이었다. 한 그루의 사과나무를 심겠다, 평소 해보지 못했던 것을 해보겠다, 사랑하는 사람과 함께 지내겠다 등의 대답을 기대했던 것인데 한 어머니가 "춤을 덩실덩실 추겠다"고 했다. 그 이유를 묻자 자신이 먼저 죽으면 저 아이를 누가 돌보나 늘 걱정인데 같이 죽을 테니 그런 축복이 어디 있겠느냐는 것이었다. 그 한마디에 모든 것이 담겨 있었다. 개인이 감당할 수 있는 한계를 넘어서는 고통을 짊어지고 있는 것이었다.

그 강의가 끝난 이후에 나는 평범한 내 아이가 잘 자라주는 것만으로도 고마웠고, 비뚤어지지 않고 커가는 것만으로도 만족했다. 행복이란 게 별것 아니었다.

신발 생각을 하다 보니 또 하나 떠오르는 신발이 있다. 아버지에게 처음으로 사드린 가죽 구두. 결혼한 지 얼마 안 된 내가 큰마음 먹고 사드린 유명 메이커 제품이었다. 아버지는 그걸 아끼느라고 친척들 결혼식에나 신었기에 거의 새것과 다름없었다. 집에서 돌아가신 아버지의 상을 그대로 집에서 치렀는데 4월 초 늦은 봄눈이 내려 까만 구두에 소복이 내려앉았다.

친정 부모님과 우리 부부가 함께 살던 그 빌라는 1층에서 3층까지 개방형 계단이어서 눈이나 비가 오면 밖이나 마찬가지였다. 3층 계단 참에 내놓았던 구두에 밤새 눈이 쌓였는데 구두코에 내려앉은 눈은 바람에 다 날아가버리고 발이 들어가는 움푹한 부분에만 하얗게 눈이 쌓여 있었다. 55세에 질병으로 돌아가신 아버지 대신 흰 눈이 그 구두를 신고 있는 거였다. 순결한 발. 어떤 고통이나 괴로움이 없을 발.

아버지가 돌아가시고 난 후 다음 해에 태어난 아이가 오늘 첫 출근을 한 것이다. 정규직도 아니고 인턴으로 출근하는 것인데 제 아빠가 사준 구두를 신고 바쁘게 현관문을 밀치고 나가는 뒷모습이 오래 가슴에 남는다.

새 구두라는 게, 발가락도 좀 까지고 발뒤꿈치도 까지고 하면서 발과 구두가 서로 가장 편한 형태로 변형되면서 형태가 완성된다. 이리저리 부대끼다 어느 시점에 이르러 편해지는 그 과정이 세상살이와 많이 닮았다. 몇십 개의 구두를 갈아 신을 즈음엔 은퇴할 나이가 되고 그 구두를 신고 공원 벤치에 앉아 주변의 꽃이나 지나가는 사람들을 바라보기도 한다. 그런데 그렇게 앉아 무심코 시선을 던지다 보면 젊은이들에게 종종 오해도 산다. 나이가 들면 눈도 귀도 어두워지기 마련이다. 잘 안 보이니까 한 곳을 집중해서 뚫어져라 보게 되는데 특히 젊은 여자들은 자신을 빤히 들여다보는 것 같은 시선에 예민하게 반

응한다.

그리고 점점 더 늙어감에 따라 움직이는 시간보다 움직이지 않는 시간이 많아진다. 마치 식물인 것처럼. 그래서 나는 노인들의 신발이 화분 같다는 생각을 한 적이 있다.

이제 내가 출근할 차례다. 요즘 나는 트래킹화를 주로 신고 다닌다. 일단 발이 편하고 오래 신고 다녀도 피곤하지 않으며 평지나 들길 산길 아무 데나 이 신발 하나로 다닐 수 있으니 만능이다. 공식적인 자리에서 강의할 때 단화를 신는 것을 제외하고는 늘 한 가지 신발이다.

아이가 나간 지 얼마 되지 않아 밖에 나오니 아파트 단지에 펄펄 눈이 내리고 있다. 코끝에 뭔지 모를 향긋함이 감돈다. 활짝 핀 목련꽃이 눈 속에서 장관을 이루고 있다. 자세히 보니 벚꽃눈이다. 바람이 강하게 불어서 며칠 전부터 피어 있던 벚꽃이 펄펄 휘날리며 지상에 작별을 고하고 있는 것이다. 아이가 이 길을 걸어 첫 출근을 했구나. 힘들고 지칠 때 주변에 꽃이 있어 딸에게 위로를 주고 힘을 불어넣어 주었으면 좋겠다.

스스로 빛나기

한꺼번에 팝콘처럼 피어난 아파트 단지 안의 벚꽃을 보면서 저 많은 꽃을 피워내느라 힘들었을 나무의 노고를 생각하게 된다. 꽃 한 송이를 피우는 데에도 무척 많은 에너지가 필요하다고 하니 이즈음의 나무들은 나무 발전소인 셈이다. "봄은 땅에서 오고 가을은 공중에서 온다."고 했는데 나무들은 봄을 가지 끝까지 끌어올리느라 야생화들보다 개화에 시간이 더 많이 걸린 것이다.

젊은이들에게 '봄' 하면 가장 먼저 떠오르는 꽃을 물어봤더니 대부분 벚꽃이라고 대답했단다. 그 이유는 벚꽃이 화려해 눈에 잘 띄는 데다가 지구 온난화로 벚꽃 개화 시기가 일주일가량 앞당겨졌기 때문이라고 한다. 개나리와 진달래가 봄의 전령인 것처럼 여겨지던 시절이 벌써 아득하다.

법정 스님 수필을 읽다가 보니 화초를 무척 사랑했던 마음이 곳곳에 묻어난다. 난초를 애지중지 보살피다가 거기에 얽매여 외출조차도 불편하게 될 정도였다고 한다. 결국 꽃에 대한 사랑도 집착임을 깨닫게 된 스님은 난초 화분을 다른 사람에게 주어버린다. 또 한번은 일하는 사람이 실수로 제초제를 영양제로 잘못 알고 장미에 뿌리는 바람에 아끼던 장미꽃이 죽자, 마음 아파하다가 남아 있는 꽃들을 다른 데로 옮겨 심게 한다. 그 빈 뜰에 시간이 흐르자 야생화들이 피어난다.

달맞이꽃은 해질녘에 핀다. 저녁 예불을 마치고 뜰에 나가면 수런수런 여기저기서 꽃들이 문을 연다. 투명한 빛깔을 보고 있으면 그 얼까지도 환히 들여다보이는 것 같다. 박꽃처럼 저녁에 피는 꽃이라 그런지 애처로운 생각이 든다. 혼자서 피게 할 수 없어 여름내 나는 어둠이 내리는 뜰에서 한참씩을 서성거렸다. 그 애들이 없었더라면 여름의 내 뜰은 자못 삭막했겠다는 생각이 뒤늦게 들었다.

마른 바람이 불어오자 꽃들은 앙상한 줄기에다 씨를 남긴 채 자취를 감추어갔다. 오늘 아침 마지막 꽃대를 거두어주었다.

— 「빈 뜰」 중에서

꽃들이 수런거리며 문을 여는 시간, 애처로운 마음에 "혼자서 피게 할 수 없어" 꽃 옆에서 여름내 서성거리는 스님. 이게 자비심일 게다. 함께 겪는 것. 비 오는데 가장 고마운 사람은 우산을 내미는 사람이 아니라 같이 비를 맞아주는 사람이라지 않는가. 타자의 아픔이 내 아품이 될 때 우리는 돈이나 효율성의 잣대를 들이대지 않을 것이다.

법정 스님의 글을 읽으면서 늘 번잡스럽기만 한 내 마음의 뜰을 떠올려본다. 마음에도 여백이 있어야겠다. 더 움켜쥐려고만 하지 말고 햇빛 한 줌, 바람 한 줌 그리고 몇 송이의 달맞이꽃, 나팔꽃, 메꽃 등이 피어 있는 빈 뜰을 두어야겠다.

이왕 꽃에 대한 이야기가 나왔으니 말이지만 마당이나 베란다에 키우는 크고 화려한 화초들보다는 산과 들에 피어나는 야생화가 나는 더 좋다. 이른 봄 북사면 계곡 주변에 얼음이나 눈을 비집고 피어난 복수초, 모데미꽃을 발견했을 때의 기쁨이란 이루 표현할 수 없다. 얼레지잎은 땅 위로 솟아나면서 돌돌 말린 뾰족한 잎으로 제 위에 덮인 낙엽을 뚫어버린다. 그리고 잎이 점점 넓적하게 펴지면서 낙엽을 갈가리 찢는다. 작고 여려만 보이는 외모에 어떻게 그리 강한 생명력이 숨어 있는지…….

야생화에 대한 관심과 사랑은 독일 시인 라이너 쿤체의 시에서도 읽을 수 있다. 그는 「은엉겅퀴」라는 시에서 "남에게/그림자 드리우지 않"는 것은 물론이고 "남들의 그림자 속에서/빛나"는 존재라고 엉겅퀴를 노래하고 있다. 제 키를 높여 햇빛을 독차지하려는 무한경쟁 사회에서 아무에게도 피해를 주지 않고 스스로 빛나는 생존 전략. 라이너 쿤체는 "시란 조용한 인식을 매개하는 '맹인의 지팡이' 같은 것"이라고 했다. 평소 깨닫지 못하는 존재의 비밀을 드러내주는 이런 시를 만날 때 내 정신도 함께 고양된다.

"나의 의문을 풀어주는 데는 열 권의 철학책보다 창가에 핀 한 송이 나팔꽃이 낫다."는 휘트먼의 말을 생각하며 이 봄, 한 송이 꽃과 깊게 눈을 마주쳐본다.

우리는 영원하고 사랑도 그렇다

김현경　1927년 서울 종로구 사직동에서 태어나 경성여자보통학교(현 덕수초등학교)와 진명여고를 거쳐 이화여자대학교 영어영문학과에서 수학했다. 김수영 시인과 결혼해 두 아들을 두었다. 에세이집 『김수영의 연인』이 있다.

강 민　1933년 서울에서 태어나 공군사관학교와 동국대학교 국어국문학과에서 수학했다. 1962년 『자유문학』으로 작품 활동을 시작했고, 1963년 시 동인지 『현실』에 참여했다. 시집 『물은 하나 되어 흐르네』 『기다림에도 색깔이 있나 보다』 『미로에서』 『외포리의 갈매기』, 이행자 시인과 함께한 시화집 『꽃, 파도, 세월』 등이 있다. 한국잡지기자협회 회장, 동국문학인회 회장, 한국작가회의 자문위원 등을 역임했다.

김 철　서울대학교 공과대학을 졸업했다. 1964년부터 1968년까지 김수영 시인에게 시를 배웠다. 1969년 『대한일보』 신춘문예에 당선되었고, 1970년 『현대문학』 추천이 완료되었다. 1973년 한국문학번역상을 수상했다. 시집 『말의 우주』 『비와 나무와 하늘과 땅』, 한영 대역 시집 『아침(The Morning)』, 산문집 『어느 지성의 포트폴리오』 등이 있다.

김중위　1939년 경북 봉화에서 태어나 고려대학교 정치외교학과를 졸업했다. 『사상계』 편집장, 12~15대 국회의원, 환경부장관 등을 역임했다. 대한민국 헌정회 영토문제연구특별위원회 위원장, 칼럼니스트(대전일보, 경남일보, 경북신문, 월간 『헌정』, 월간 『문학저널』)로 활동 중이다.

김가배 충남 공주에서 태어나 시집 『바람의 서』 『나의 미학』 『섬에서의 통신』 『가을 정거장』 등이 있다. 여행전문지 『여행작가』의 편집위원으로 있다.

오현정 경북 포항에서 태어나 숙명여자대학교 불어불문학과를 졸업했다. 1989년 『현대문학』 추천이 완료되어 작품 활동을 시작했다. 시집 『몽상가의 턱』 『광교산 소나무』 『고구려 男子』 『봄온다』 『물이 되어, 불이 되어』 『에스더 편지』 『마음의 茶 한 잔 · 기타 詩』 『보이지 않는 것들을 위하여』 등이 있다.

이주희 서울에서 태어나 2007년 『시평』으로 작품 활동을 시작했다. 시집 『마당 깊은 꽃집』이 있다.

정수자 아주대학교 대학원 국어국문학과에서 문학박사 학위를 받았다. 1984년 세종숭모제전 전국시조백일장에서 장원을 받으며 작품 활동을 시작했다. 시집 『비의 후문』 『탐하다』 『허공 우물』 『저녁의 뒷모습』 『저물녘 길을 떠나다』 등이 있다.

정원도 1959년 대구에서 태어나 1985년 『시인』으로 작품 활동을 시작했다. 시집 『그리운 흙』 『귀뚜라미 생포 작전』, 동인 시집 『광화문 광장에서』 등이 있다.

우리는 영원하고 사랑도 그렇다

함동수 강원도 홍천에서 태어나. 『문학의식』으로 작품 활동을 시작했다. 시집 『하루 사는 법』 『은이골에 숨다』, 산문집 『꿈꾸는 시인』, 저서 『송은 유완희의 문학세계』(공저) 등이 있다.

공광규 1960년 서울 돈암동에서 태어나 충남 청양에서 자라났다. 동국 대학교 국어국문학과, 단국대학교 대학원 문예창작학과에서 박사학위를 받았다. 1986년 『동서문학』으로 작품 활동을 시작했다. 시집 『대학일기』 『마른 잎 다시 살아나』 『지독한 불륜』 『소주병』 『말똥 한 덩이』 『담장을 허물다』 등이 있다.

김응교 연세대학교 신학과를 졸업하고 같은 대학원 국어국문학과에서 박사 학위를 받았다. 와세다대학교 객원교수를 거쳐 숙명여자대학교 교수로 재직 중이다. 저서 『한국사와 사회적 상상력』 『박두진의 상상력 연구』 『시인 신동엽』 『이찬과 한국 근대문학』 『그늘 : 문학과 숨은 신』 『한일쿨투라』 등이 있다.

맹문재 1963년 충북 단양에서 태어나 고려대학교 국어국문학과 및 같은 대학원을 졸업했다. 1991년 『문학정신』으로 작품 활동을 시작했다. 시집 『먼 길을 움직인다』 『물고기에게 배우다』 『책이 무거운 이유』 『사과를 내밀다』 『기룬 어린 양들』, 시론집 『한국 민중시 문학사』 『시학의 변주』 『만인보의 시학』 『여성성의 시론』 등이 있다. 안양대학교 국어국문학과 교수이다.

박설희 2003년 『실천문학』으로 작품 활동을 시작했다. 시집 『쪽문으로 드나드는 구름』 『꽃은 바퀴다』 등이 있다.